極上エリートの甘すぎる求愛に酔わされています

～初恋未満の淡い恋情は愛へと花開く～

第一章

「どこがいい？　イタリア？　フランス？　中国？　……それともインド？」

そう囁《ささや》くと、私の隣に立つサラリーマンはにこりと微笑《ほほえ》んだ。

まるで旅行先を決めかねているかのように聞こえるけど、ここは酒屋。断じて旅行代理店ではない。

「せっかくだから、海外旅行に行く気分でね」

「え、いや……」

カウンターに並べられているのは、名刺大の飲み屋のショップカード。その数、八、じゃない九件も。好きに選んでいいんだよと言われても、そう簡単に決められるものではない。

私は救いを求めるように、カウンターの向かいに立つ店主に視線を移した。

「イタリアンにフレンチに中華にカレー……。確かに店だけで世界一周できそうだ。けど、基本に戻って和食とかもどうです？」

四十代と思わしき酒屋の店主はすっかり乗り気で、さらに所狭しとショップカードを並べていく。

「お勧《すす》めはどれ？」

「ここのおでん屋は良いですよ。カウンターだけの小さなお店ですけど、料理も美味いし店の雰囲気もいい」

「カウンターだけか。それだと、会話が筒抜けになっちゃって二人でゆっくり話せないよね」

ね？　って彼は満面の笑みでこちらを振り向いて、同意を求める。そんなイケメンの圧に押され、平凡ＯＬな私は意味もなく、お、おう、とか言いながらうなずいた。

いやなんでこんなことに……

それはほんの三十分ほど前に遡《さかのぼ》る。私と彼はこの街の酒屋の一角で、再会をしたのだった——

◇◇◇◇◇

金曜日、十七時半過ぎ。九月初めのこの時間はまだうっすら明るくて、金曜日ということもあり少し心が浮き立ってしまう。勤務を終え特に用もない独身女は、会社を出たら後は家に帰るのみ。このまま真っ直ぐ進めば駅なんだけど……

行っちゃおうかな。

心の中でうなずいて、一本横道に進路を変えた。駅へ向かう道なのは同じだけど、裏通りというだけで雰囲気が変わる。住宅と店舗が混ざり合う街並みを横目に、私はとある酒屋を目指す。

店の前の駐車スペースには軽トラックが止まっていて、その横にビールケースが積まれている。そんなどこにでもあるような、街の酒屋さん。

ガラス越しに見える店内は日の光が入らない壁沿いにショーケースが並び、かなりの種類の日本酒が揃っている。入り口の自動ドアの横には『鈴木酒店』と店名が白く抜かれた藍染めの布がぴんと張られていて、足元にはこの酒屋がただの酒屋ではないことを示す看板が、さり気なく置かれていた。置き型移動式の看板に貼られた白い紙に毛筆で書かれている言葉は、「角打《かくう》ち始めました」。

角打ち。

私がこのお店に寄る理由がこれだ。

初めてこの店の前を通ったとき、看板に書かれた角打ちというのがなんなのか分からなかった。ショーケースの反対側の壁がカウンターとなっていて、立ち呑みコーナーになっているのは目についた。帰りの電車の中、スマホで意味を調べて分かったのは、その立ち呑みスペースが角打ちと言われるものだということ。

飲み屋ではない、酒屋の一杯毎の酒小売り。なのでお通しなんて無くてツマミは基本、店で売られている乾き物。バーテンダーではなく酒屋のおじちゃんが対応する。その気楽さと素《そ》っ気《け》なさがいいな、と思った。

三十一歳の独身女の画的《えてき》に相応《ふさわ》しいのは小洒落《こじゃれ》たワインバーかもしれないけど、街の片隅の酒屋で日本酒一杯引っ掛ける方が、私的には落ち着くのだ。

会社から駅までの道すがらにある酒屋さんに寄り道して、一杯だけ立ち呑みして三十分くらいでさくっと帰る。これが最近の私のお気に入りだった。

いや、流石《さすが》にそうしょっちゅうやるのはどうかと思うので、二週間にいっぺんくらいを目安にね。

「いらっしゃーい」

店主の気の抜けた声に迎えられ、カウンターに向かう。

「すみませーん。角打ち、いいですか？」

「はいよー」

品出しをしていた店主に声を掛けると、作業を中断してこっちにやって来てくれる。店主はカウンターの下にしまってあるクーラーボックスを取り出して、そこから日本酒の四合瓶を六本ほどとんとんっと出して並べてみせた。

「今日出せるのはこれね」

「この銘柄、初めて見ます」

「こっちの二本は同じ蔵元《くらもと》のところ。この間、蔵元の営業さんが置いていってくれって来たから試しに出したけど、なかなか良いですよ。ちょっととろみのある感じでね、あ、こっちは純米酒」

店主の解説を聞きながら、どれにしようか決めかねて悩む。日本酒にこだわりを持たないタイプなので、淡麗辛口《たんれいからくち》からまったり系までどれも美味しく飲めてしまうんだ。

「決められないなぁ」

「それなら、三種類の飲み比べセットにします？」

「うん。そうします」

悩みつつも三種類選んで、升《ます》に入った小グラスにそれぞれ注いでもらう。グラスを正面に掲げていただきますって小さくつぶやいて、まずは最初のお酒。辛口のやつ。んー、すっきりしていて美味い！

何口か堪能したら、二杯目に口をつける。こっちはにごり酒。少し発泡していて酸味があって、残暑厳しいこの時期にぴったりだった。ああ、幸せ。

私の幸せはワンコインで買える。

満ち足りた気持ちでしみじみと酒が飲める幸せについて噛みしめていると、お店の自動ドアが開いてチャイムが鳴った。お客さんだ。単純にお酒を買いに来た人なのか、角打ち客か。小さなカウンターなので、角打ち客なら場所を詰めないといけないと思い、そちらに意識を向けた。

「すみません、表の看板の角打ちって見かけて……」

ジャケットとネクタイは外したビジネスカジュアルな格好のサラリーマンだった。いかにも仕事ができそうな、多分私と同じくらいの年齢の男の人。会社帰りにあの看板を見つけてふらりと立ち寄ったのだろう。隣に来ても良いように、バッグを持ってズリズリと左に移動する。

「ありがとうございます」

「いいえ」

お互いに目を合わせずに挨拶し、私は三杯目のグラスに口を付ける。まったりとろりとした甘めの味。うんうん、これは最後に取っておこう。

にごり酒に戻って、味を堪能する。そうだ写真を撮っておかなくちゃ。自分が何を飲んだか記録しておかないと、すぐ忘れてしまう。といってもメモとかは取らないから、結局お酒の特徴も名前も覚えないで終わってしまうんだけどね。

「瓶、動かしてもいいですか？」

「どうぞ」

私が撮り終わったのを確認して、店主が隣客の前に日本酒を並べ直す。

「今日出せるのはこの六種類で」

悩むなら三種類の飲み比べセットがいいと思いますよー。と、私も心の中でお隣さんに声を掛ける。そしてまた、にごり酒を一口すすった。

隣の人はやはり飲み比べセットを頼んだ。初めてみたいだし、それが正解。

店主は酒を注ぎ終えると、気が付いたように私に声を掛ける。

「荷物入れあるから、今出しますよ」

言われて手元を見て、初めて自分がバッグを抱えたままでいたことに気が付いた。どれだけ夢中で酒飲んでるのよ。と恥ずかしくなり、店主から受け取った籠《かご》に慌ててバッグを突っ込んだ。その雑な動作で片方の持ち手だけを掴んでしまい、バッグの口が大きく開いて、中の小物が外へとこぼれていく。

「あ」

私の顔写真と名前の入った会社の入館カードが勢いよく滑っていき、隣の客の靴に阻《はば》まれ止まった。

「落ちましたよ」

「す、すみません！」

なんていうことを。

彼は焦る私を笑顔で制し、かがんでカードを拾ってくれる。が、私にカードを渡す直前で動きを止め、小首をかしげた。

「遠藤《えんどう》彩《あや》乃《の》さん……？」

「はい？」

フルネームを読み上げられ、とっさに身構える。

「あの、東第二中学校の？」

「え？」

自分の卒業した中学校の名前が上がって、思わず顔を上げた。

「懐かしいなぁ。まさかこんなところで出会えるとは。俺、大浦《おおうら》瑛士《えいじ》です。覚えてる？」

そう言って懐かしそうに目を細めて微笑む男性を見つめ、私はぽかんと口を開けてしまった。

「え、えー？」

大浦君？　これがあの大浦君？　元クラスメイトで、中学二年生のときに転校しちゃった男の子の？

「大浦君は、覚えてるけど」

忘れる訳がない。私には彼を忘れられないある理由があった。でも、

「ずいぶん、変わっちゃった。なぁ……」

なんと言っていいか分からず、曖昧につぶやいた。

私が知っている中学二年生当時の大浦瑛士君は、背が高くて眼鏡をかけている、地味目で大人しい物静かな男の子だった。

穏やかだけれど求められれば自分の意見をきちんと言う大人びた性格で、いざとなればみんなが彼を頼りにしていたような気がする。クラスの中で目立ってはいなかったけれど、彼がお父さんの仕事の都合で転校するって聞いたとき、それを本気で寂しがるクラスメイトたちが多かったのにはちょっとびっくりした。

そんな彼と奇跡的な再会を果たした訳だけど、今、目の前にいる彼は世慣れたイケメン。

言われてみればかつての大浦君の面影は残しているとは思うけど、このこざっぱりとしたイケメンが、あの物静かな大浦君なのか。

コンタクトレンズに変えたのか、当時印象的だった眼鏡もかけてなくて、爽やかな笑顔を浮かべる大浦君は、なんかいかにもバリバリに仕事できますオーラを出している。

「……本当に、大浦君？」

こんな奇跡の出会いとか、本当にあるの？　特殊詐欺とか陰謀とか、犯罪的な何かに巻き込まれそうになってるとかじゃなくて？

おずおずと言葉を返す私に、目の前の彼は苦笑した。

「俺のこと、忘れちゃった？　転校した後、しばらく文通してくれてたのに」

「うわぁー！」

ヤバい、本物だ！

一気にお酒が回ったようにくらくらした。そうなんですよ、私が地味な大浦君を覚えてるのは、彼が転校した後、なぜか文通をしばらく続けていたからなんです。

文通！　一体いつの時代なんだって話だけど、文通してたんだよ私たち。

「大浦君、こっちに戻って来てたんだ」

「まあね。大学の頃に」

「そっか」

「遠藤さんは？　……そうだ、もしよかったらこの後、どこかで飲み直さない？　久し振りの再会だから、ゆっくり近況を聞きたいし」

屈託なくニコニコと笑って酒を飲む大浦君を見つめ、心が揺らぐ。金曜日の会社帰りに角打ちで一人飲んでいるような女が、用事なんてある訳がない。

「お客さんたち、この後どこか行く？」

なぜか店主が反応して、会話にずいっと入ってきた。

「うちが酒を卸《おろ》しているお店、せっかくだから行ってみてよ。ほら」

指さされたカウンターの端に引き出しのような木の箱があって、ざっと見で二十くらいに仕切り板で区切られていた。そこに表《おもて》が見やすいように斜めに立てかけて、様々な飲食店のショップカードが入っている。これ、全部取引先なのかな。これだけじゃないんだろうけど、さすが酒屋だ。

そしてそこから選んだカードを広げ、それぞれの店の特長を熱く語る店主と、それに応える大浦君。二人の笑顔に見つめられ、私はなぜか彼と一緒にご飯を食べることになったのだった。

◇◇◇◇◇

結局、酒屋の店主セレクトのお店の中からイタリアン・バルを選び、私と大浦君はそこに向かった。適度な広さと席同士に空間があり、ここなら周りの会話も気にならないということで店主がイチ押ししていたお店だ。

「いや本当に久し振りだね」

まずはスパークリングワインで乾杯するけど、ツマミもなしで飲み比べ三杯セットをやってきた私たちだ。下地はできていたのでまずはご飯を優先する。

大浦君はとても美味しそうにご飯を食べる人だった。ナイフとフォークを扱う所作が綺麗で、食べ物を口に入れた瞬間に口元が嬉しそうにふっと上がる。ご飯を食べているところをいつまでも見ていたい気にさせる人だ。

「俺の顔、なんかついてる？」

「えっ？　いやごめんね。美味しそうに食べるなぁって思って」

「久し振りだからね。こうして人と一緒に楽しくご飯食べるの」

「大浦君、独身？　今は一人暮らしなの？」

「うん。近くのマンションに住んでるよ」

ごく気楽に指差す方向に、ひぇって思った。

　ここら辺はいわゆる都会のど真ん中でオフィス街だけど、再開発も盛んに行われている。特に大浦君が指差した方向は高級タワーマンションがぽこぽこと建ちはじめて、お金持ちが住むエリアになっていた。

「転校してからの大浦君を教えてもらおうか」

　まるで刑事ドラマの取り調べのようなノリで聞いてしまった。文通をやっていたといっても、せいぜい数ヶ月。文通を始めたきっかけも、確か転校したクラスメイトに暑中見舞いを出そうって思い付きの延長で、それがなんとなく続いた程度。そしてそれが終わった経緯もちょっとあれだった。

「大学受かったから一人でこっちに戻ってきたんだ。数年間は留学で日本にいなかったりしたけど帰国して、就職して転職して、勤務地はここから二駅くらい離れたところになったから、家を同じ沿線にしたいなと思ってこの街に住みはじめたら、遠藤さんと再会した」

　そうしてニコッと笑われた。

　ちょっと待って、情報量が多すぎる。留学してたって？　そして現在の勤務地は駅二つ先って、それは都会のさらに中心地。勤務先のイメージが大企業か外資系しかないんだけど……。で、住んでいるところは独身なのにタワマンって、どんだけ人生の成功者なんだ？

「遠藤さんは？」

　邪気のない目で促される。

「えー。私も転職しつつ、今の会社で落ち着いてるよ」

　大学出てからブラック企業に就職して、体壊して仕事辞めて、その後しばらく派遣社員やってたけど、一昨年なんとか正社員になれて今に至る、ってとこかな。

と心の中で大浦君っぽく付け足すけれど、それを言ったところで空気が荒《すさ》むだけなので、口にはしない。大人の礼儀だ。

「失礼だけど、結婚」

「していません」

「あ、はい」

一瞬だけ、空気を荒ませてしまった。いけない、いけない。

派遣社員時代にそこの会社の営業職と付き合い、派遣契約の最長期間が切れて退職したら、なぜかその彼氏まで縁が切れてしまった。それが二十九歳のとき。

この年で女一人放り出すなんてあいつは鬼だと思ったけど、それと同時に恋愛なんて不確かなものに流された自分を心の底から呪った。

そこから新しい派遣先を見つけ、会社の正規雇用の試験に受かり、なんとか安定した生活ができるようになったのがここ二年ほどのこと。今の私は老後のために、マンションを買って実家を出ることを最大の目標にする、貯蓄を趣味とした慎《つつ》ましいおひとりさまだ。

目の前のイケメンとの徹底的な人生の差を見せつけられたような気持ちになってしまうけど、ここで卑屈になってはいけない。

気分を変えるように、甘鯛のカルパッチョに手をつけた。ぷりぷりとしていて美味しい。さすが酒屋の店主がお勧めするだけあって、ワインも美味しいけど料理も確かな店だわ。

「美味しそうに食べるよね」

そう言われて、え？　と顔を上げた。やけに楽しそうな表情の大浦君が、こちらをじっと見つめている。

「さっきも遠藤さんだって分かる前から、美味しそうに酒飲む人だなと思ってこっそり見てたんだ。けど、食事も美味しそうに食べる」

「それは大浦君もだよ。幸せそうにご飯食べるよね」

「お互いにね」

そう言ってまた微笑まれ、なんだかささくれだった心が和んでいった。この温和な雰囲気は、確かに昔の大浦君と同じだなぁ。そう思うと余計にくつろいだ気分になる。

そして話題は当時のクラスメイトについての情報交換となり、結果、二人だけとはいえ楽しい同窓会となった。中二で転校っていったら、もうすっかり友達との縁は切れているのかと思いきや、意外と男子同士で交流は続いていたんだって。大浦君の人柄なのかな。

とまあ、そんなこんなでワインも一本空き、料理もメインの肉料理とパスタを食べ終えた。そろそろお開きの頃合いだなと思い、私はバッグに手をかける。

「大浦君、お会計しようか」

「もう払ったよ」

あっさり言われて動きが止まる。いつの間に。あ、さっき私がトイレに行ったその隙にか。

「いくらだった？」

「いいよ。今日は久し振りに会えた記念に、俺に奢《おご》らせて」

「駄目」

間髪《かんはつ》容れずに言い切った。

「恋人でもないのに奢られる理由はないよ。久し振りに会った友達に借りを作るのは違うと思うし。だから、割り勘にしよう」

ちょっと言い方きつかったかな、と思いながらも止められなかった。それには一応理由があるんだけど、この状態でその話はしたくない。

大浦君は私の勢いに押されたようで、びっくりした顔でしばらく固まってから、ぷはっと息を吐き出し笑い出した。笑い上戸なのか、この人は？

「なんか、凄い新鮮だ。この年で独身だと、女性とご飯に行ったら必ず奢るものだって染み付いてて」

「え……、それちょっと極端じゃない？」

ご飯奢ってくれるイケメンってめっちゃ利用価値高いなとは思うけど、それって無償なの？　その見返りとして主に体方面のあれやこれやがあるのだとしたら、超面倒。そう思う程度に、私の恋愛ホルモンは枯れている。

「それに私、ナンパされた覚えはないし」

「そうだよね。ごめん、俺が間違えてた」

そうして大浦君は金額を伝えてきた。きっちり半分って訳ではなさそうだけど、まあ妥当な金額。

そしてそのまま、提案される。

「遠藤さんとご飯食べるの、楽しかった。また一緒に行きたいんだけど、会ってくれるかな？」

「……角打ちなら、いいけど」

迷いながら、そう答えた。

確かに大浦君との二人同窓会は楽しかった。でもこのままなし崩しに飲み会が恒例になるのは避けたい。私には確かめたいことがあるんだ。

「遠藤さんが次にあの酒屋に行くのは、いつ？」

大浦君が、私の身構える空気を敏感に感じ取って遠回しに聞いてくる。必要以上に踏み込んでこない配慮がありがたい。

「二週間後かな」

「分かった。二週間後の金曜十八時くらいに、酒屋にいるから。もし来られたら、来て？」

強要しない優しい誘い方。上手いなぁ、って素直に思った。この人、女の子の扱いにめちゃくちゃ慣れている。

中学生の頃は見つけられなかった大浦君の優しさに、私たちもお互いに大人になったんだなって感慨深く思ってしまった。しかし、私が大人になった部分って果たしてあるんだろうか？

「帰ろうか」

「あ、うん。今日はありがとね」

お酒の入った頭で取り留めもないことを考えても、埒《らち》はあかない。今日の楽しかった気持ちを素直に言葉に込めて大浦君に伝えると、なぜかふいっと視線がそらされた。

「俺の方こそ、付き合ってくれてありがとう。……今日、会えて嬉しかった」

そして真っ直ぐ見つめられる。なんだろう。声が真剣。そして目元がほんのりと赤い。

って、ああそうか。

「お互い、いい感じで酔ったね」

「……あ、うん。そうだね」

一瞬、不意をつかれた様な顔をすると大浦君は小さく息をつき、さっきまでの口調に戻って立ち上がった。

「駅まで送るよ」

「でもマンション、逆方向」

「お願いだからそのくらいさせて」

「はーい」

軽いノリで返事して、駅まで送ってもらう。本当に今日は楽しく夜を過ごすことができた。でもその余韻に浸る前に、私には確認しなくてはいけないことがある。

家に帰ると私は自分の部屋に駆け込んで、本棚にあるファイルを取り出した。

クリアポケットに一通一通丁寧に入っている、いくつかの手紙。差出人は、大浦君。十七年前の交流の証だ。

最初は、暑中見舞いの葉書《はがき》だった。

大浦君は中学二年生の一学期の終わりに転校していった。ちょうど女友達同士で暑中見舞いを送り合っていた時期で、多分その葉書が余っていたからとかの軽いノリで、大浦君にも暑中見舞いを出したんだ。そしたら、返信として残暑見舞いの葉書が届いた。

ここで終わればそのままだけど、この頃ちょうど私はレターセットにハマっていた。

買って集めても、なかなか使うあてのないレターセット。大浦君からの残暑見舞いの返信にさらに手紙で返信をしたのは、単純にそれらを消費したかったからだ。それにも大浦君は丁寧に返信をしてくれた。

こうして、いつの間にか文通が始まり、私たちはお互いの学校生活を報告し合うようになった。

でもそれも数回繰り返せば、ネタが尽きると言う訳で……

「あった。これだ」

私は、やり取り三通目の大浦君からの手紙を広げ、うめくようにつぶやいた。便箋一枚の近況報告の最後に書かれた文字は、

『誕生日おめでとう。』

だった――

◇◇◇◇◇

――どうしよう。書くことがない。

中学二年生のあのとき、大浦君がいなくなった後のクラスの様子を手紙に書き綴り、読み直した私は困り果てていた。

男子と女子では交流範囲が違う。自分の仲の良い子の話を書いたところで、大浦君にとって面白い話だとは思えない。そう考えると、近況報告は酷くあっさりとしたものになって、便箋一枚を埋めるのがやっとだ。これでは、読書感想文を書くよりタチが悪い。

他になにか書くことないか、えーっと、ああそういえば——

『そういえば、来月は私の誕生月なんだ。十二月十七日ってすっごい中途半端。いっそのこと一週間後のクリスマスイブが誕生日、の方がインパクトあってよかったのになぁ。』

よしこれで三行書けた。日付も入れて名前も書けば、便箋二枚目の半分くらいにはなる。これで良いだろう。

そんな気持ちで送った手紙の返信が届いたのは翌月、十二月になってからだった。

が、最初は返信だと思わなかった。なぜならそれは簡易書留で送られて来たから。

「彩乃、なにか応募でもしたの？」

そう聞かれながら親から封筒を受け取り、差出人を見たら大浦君だった。混乱のまま封を開けると、そこに入っていたのは手紙と千円分の商品券一枚。

『こちらは田舎で、遠藤さんに気に入ってもらえるようなプレゼントが見つからなかったので、せめてもの気持ちで商品券を贈ります。使ってください。

誕生日おめでとう。』

読みながら、冷や汗がだらだらと流れていく気分を味わった。

「ヤバい。私、やっちゃったよ……」

心優しい同級生に無自覚とはいえ圧をかけ、結果として商品券をゲットしてしまった。こんな、こんなの困る……！

自分のやらかしたことに慄《おのの》いて、それからの文通の記憶はふっつりと途絶《とだえ》えている。もらうだけもらって、返事もしていなかったなら最低だ。十七年後、奇跡の再会に一瞬びくついたのも、頑《かたく》なに割り勘を主張したのもこのせいだ。

ファイルをめくる。次の返信が届いていたことにほっとする。記憶の消去と共に、このファイルも開かれることなく本棚に突っ込まれていた。

忘れたい、けどないことにはできなくて保管したままだった、大浦君からの手紙。

結局、簡易書留の後は二通手紙が届いていて、多分三年生に上がったところで自然消滅していた。ちなみに肝心の商品券は、とっくに使用してなくなっていた。なんか、手紙と一緒にそこにあるっていうのが重かったんだよね。

「ともかく」

気分を変えようと、声にしてみる。

「再会したんだもん、ここら辺の汚名を返上しなくては！」

そして私は二週間後を見据えて、会ったら謝る、をイメージトレーニングすることに没頭した。

◇◇◇◇◇

再会から二週間後の金曜日。

仕事を終えて十八時ちょい前に店に着くと、大浦君はすでに酒を片手に店主とのんびり話をしていた。

「お待たせーって、大浦君早かったね」

「家から来たからね。今、リモートワークが基本で、出社は週一なんだ」

「おお、そっか」

事務職なのに旧態《きゅうたい》依然《いぜん》で毎日出社させられている私とは、えらい違いだ。

と、そんなことより――

「大浦君、ごめんなさい」

「え、なに」

「本当は前回会ったときにまず謝らないといけなかったんだけど、結局勇気が出なくて言えなかった」

「ちょ、怖い。だからなにを」

「十七年前、誕生日アピールして商品券贈ってもらっちゃったの、反省してます。ごめんなさい！」

「それ、今更蒸し返すっ？」

勢いよく頭を下げて、そして顔を上げたら、酒を片手に持ったままうろたえている大浦君がいた。

「とりあえず、店変えようか」

「え、私まだ注文してない」

「うん。だから店変えよう」

「お客さんたち、別のところ行く？　それなら焼鳥屋はどう？　店長さんが日本酒好きで、結構いい酒置いてある店だけど」

酒屋の店主まで会話に入ってきて、結局私は店主お勧めの焼鳥屋に連れて行かれることになった。

「さてと」

赤ちょうちんに暖簾《のれん》という伝統的様式美にあふれた店に入り、出されたおしぼりで手を拭う。焼き鳥といえばビールでしょう。とこちらも様式にのっとり生ビールを頼んで、突き出しの小鉢と枝豆が届いたところで乾杯した。

話を始める前に環境を整える、余裕ある大人の行動で好感がもてる。

と思いきや、整った途端に大浦君がもの凄い勢いで頭を下げた。

「あの、誕生日プレゼントの件ですが、すみませんでした！　あんなもん贈って、本当に今思い返しても恥ずかしくなる。というか、あれ、覚えてたんだ？　てっきり前回、話を振ってこないからもうないものとされてるのかと思っていたのに」

これは典型的な余裕のない大人の姿だ。

でもこれはこれで好感がもてるのはなぜなんだ？　イケメンだからか？　いや、大浦君だからか。

「大浦君も、覚えてたんだね」

そう言ったらなぜか大浦君は姿勢を正し、真剣な表情で私を真っ直ぐに見据えた。

「聞いてください」

「あ、はい」

「中学二年生のあのとき、遠藤さんが来月誕生日って知って、悩んだんだ。プレゼント贈った方がいいよな、いや、贈りたいなって思って、でもなにを贈ったらいいか全然分からなくて。俺、それまで割と人に興味がないというか、自分から人になにかするってタイプじゃなかったし、ましてや女の子に誕生日プレゼントだなんて、買うどころか選んだこともなかったし」

思い返して恥ずかしくなっているのか、大浦君の耳が赤い。

目の前にいるのは世馴れた三十路《みそじ》超えの男のはずなのに、恥ずかしがる表情は中学時代の大浦君そのままだ。

「それで、自分なりに考えて一番身近な女性に意見をもらおうってことで母に聞くことにしたんだ。でも、今思うと聞き方も悪かった。状況を話さずいきなり、プレゼントをもらうとしたらなにがいい？　って聞いて。そしたら商品券って即答された」

「あっちゃー……」

それで、あれだったのか。

十七年に及ぶ謎が解けて、納得した。

そりゃあ、日々の生活に追われたお母さんが欲しいものを聞かれれば、商品券でしょう。花束は食えないし、食べ物は好みがある。趣味の合わない服だのアクセサリーだのをもらって感謝の心を強要された日にはブチ切れだ。今の私なら深く納得する。

「それから、一年くらい経ってからかな、話の流れであれが同級生女子への誕生日プレゼントだったってことを母親が知って、もの凄い勢いで怒られた。でも謝ろうにも、文通は自然消滅していて連絡するにも今更なタイミングだったし。それで遠藤さんからの手紙を読み直したら、商品券以降の文面がなんか微妙かなって思えてきて」

「あ、いや、あー……」

当時の自分を思い出したのか、大浦君の表情がどんどんと曇っていき、視線がテーブルへと落ちていく。私はなんと言っていいか分からず、ただビールを飲み干す。するとまるで計ったかのように、注文していた焼き鳥がやって来た。

「焼き鳥塩盛り合わせ、お待たせいたっしたー」

「あ、生おかわり！　大浦君は？」

「うん……」

「お兄さん、生二でお願いー！」

「っしたー！」

空気が、ヤバい。このままでは大浦君が暗黒界に飲み込まれてしまう。

本気でそう心配したけれど、本人も流石に気付いたのか、最初のビールを飲み干してまた視線を真っ直ぐこちらに向けた。

「今思うと、あれが人生のターニングポイントだったんだよな。あれからもうちょっと、人に関わってみようって思うようになった。同じ後悔をするなら、人任せじゃなくて自分でやって後悔した方がいいと思って」

「そっか……」

回想を終えた大浦君は、落ち着いた表情で私を見ている。無事現在のイケメン状態に戻ってくれていた。よかった。

でもまあね、そちらの事情は分かったけど、中学二年生の女子にとって商品券は重かったんだよ、大浦君。

私はビールをぐびりと飲むと、同じように真っ直ぐに彼を見つめ返した。

「では私の番です。聞いてください」

「あ、はい」

「最初に弁解だけど、誕生日について特になにか期待してた訳じゃなかったんだ。まあ次の返信でおめでとうって書いてくれたら嬉しいな程度には期待していたけど。そこにガチの商品券が届いた私は、心の底から反省しました。人に無闇になにかを強請《ねだ》ってはいけないし、そう思わせるような言動もしてはいけない。なので私にとっても、あのプレゼントは人生のターニングポイントだったと思う」

「本当に、ごめん……」

また表情を曇らせる彼に、慌てて私は手を振って否定した。いけない、いけない。決して責めたい訳じゃないんだ。

「謝るのは私の方だよ。変な圧をかけてしまって、ごめんなさい。それでね、せっかくこうして再会できたんだし、あの商品券分、なにか大浦君にお返しさせてもらえないかなって思っていて。えっと、自分の中の罪悪感を払拭させたいというのか……」

とっても乱暴に言ってしまうと、商品券分の借りを返してチャラにしたいってことなんだけど、もらったこと自体をなしにするのは違うよね。

プレゼントをもらったのは単純に嬉しい。その気持ちは残したままで罪悪感を取り除いて、心のしこりを溶かしたい、みたいな。

「あくまでも私の我が侭《まま》なんだけど」

「それ、俺がリクエストしてもいい？」

無意識のうちに自分の視線がテーブルに落ちていたのに気が付いて、慌てて目を上げる。

「映画代、奢ってくれる？　観たい映画があるんだ、アクション物の。来週末で終わっちゃうから一人で行こうかと思っていたんだけど、もし遠藤さんさえよければ来週土曜日、一緒に行きませんか？」

「映画……」

「千円じゃ足りないから、もちろん不足分は自分で払うよ」

「いや、奢らせて。不足分は利息ってことで」

勢いよくそう言ったら、なぜか大浦君に笑われた。

「よかった。女性をアクション物に誘うのってどうかなって心配だった」

「デートならともかく、友達と遊びに行くのにそんな気を遣《つか》わないでいいよ」

そもそもその映画の目的は、商品券の存在意義を軽くすることにあるんだ。好きな子を誘ってのデートとは違うしね。

「友達か……」

それにしても大浦君は飲み代を奢ろうとしたり映画の選択を配慮したり、マメな人だな。

そんなことをぼんやりと思っていたら、なぜかずいっと身を乗り出して顔を近づけられた。

「あとお願いがあるんだけど」

「うん？」

「遠藤さんのこと、彩乃《あやの》って呼んでもいい？　せっかく十七年振りに友達と再会して、交流が復活したんだ。名字呼びじゃなく、もうちょっと親しくなりたいんだけど」

「へ？　うん、いいけど」

聞かれて素直にうなずく。私の呼び名は昔からアヤで、女子だけでなく部活で一緒だった男子とかにもそう呼ばれていた。そう考えると彩乃ってきちんと呼んでくれるのは、友達の中でも丁寧な方だ。

「よかった。じゃあ俺のことも瑛士《えいじ》って呼んで、彩乃？」

「え？　……瑛士」

言われるままにそう呼び返すと、大浦君、じゃなかった瑛士はにっこりと私に微笑みかけた。

なんだこの笑顔は。蕩《とろ》けるような笑顔とはこのことか。

「ううっ。破壊力抜群の笑顔もらっちゃった」

眩《まぶ》し！

と叫んで手で視線をさえぎって、顔を背ける。なんだか、茶化さないとやっていけない気がした。

「なんだよ、それ」

そんな私の態度に、わざとむっとしたような表情で瑛士が抗議する。

「そういう風に笑ってかわすってことは、彩乃は破壊されていないってことだろ？」

「そうとも言うね」

でも今の笑顔と声は、かなりドキドキした。これで今まで女の子口説いていたなら、かなりの成功率なのではないかと思うくらいに。

「仕方ない。それは今後の課題とします」

そうまとめると、瑛士は気分を切り替えるようにビールを飲み、私を見つめた。

あれ？　今後とは。

「あと、さっきの話を蒸し返すようだけど、彩乃は俺に強請《ねだ》っていいし、そう思わせるような言動をしてもいいよ」

瑛士の口調にはっとして、直前までの些細《ささい》な疑問が飛んでしまう。

穏やかな、声。それゆえに彼の本気度が伝わる、静かな口調。

「さすがにそこまでは……」

なぜかいたたまれない気持ちになってそわそわする。思わず視線をうろつかせると、瑛士がくすりと笑いながら焼き鳥に手を伸ばした。

「焼き鳥食べよう。冷めちゃうよ。あと、俺たちビールを飲んじゃってるけど、ここは日本酒のラインナップが良いって話だったよな」

「そうだった！　メニュー見せて」

　そこからは楽しい飲み会へと突入して、焼き鳥は年齢を重ねるにつれタレ派から塩派になるよね、とか、人と分け合う必要がないなら断然串から行く派、なんていう焼き鳥あるある話で盛り上がった。

　ずっとしこりとして残っていた誕プレ問題の解決策が見つかってよかった。そういえば映画を観に行くのって久し振りだな。お詫びだけでなく楽しめそうだ。

第二章

翌週九月の第四土曜日は、秋晴れの爽やかな天気になった。

待ち合わせ場所は映画館の最寄り駅で、昼過ぎに着くとすでに瑛士が待っていた。ＶネックのＴシャツにスリムパンツ、そして秋らしくジャケットを羽織るという至ってラフな格好なのに、お洒《しゃ》落《れ》感が漂う。

そして今日の瑛士は眼鏡をかけていた。相変わらずイケメンだけど昔の大浦君の面影《おもかげ》もあって、ちょっと懐かしいのと安心感が湧きあがった。会社帰りに飲みに行くだけならいいんだけど、やっぱりお日様の下でイケメンと会うとなると、私だってそれなりに身構えるものはある。

「お待たせ。今日は眼鏡なんだね」

「眼鏡だと、普段コンタクトで使っている度よりも強いのに変えられるからね」

「変えるの？」

「仕事でパソコンとか近距離のものしか見ないときと、映画とかコンサートとか遠くのものをはっきり見たいときで度を変えるんだ。こういうとき、眼鏡の方がかけ替えるだけだから便利なんだよ」

そういうものなのか。

ほう、とうなずいていると、瑛士が目を細めて私を見つめた。

「彩乃は今日、ワンピースなんだね。可愛いし、よく似合ってる」

「あ、ありがとう」

会ってすぐに女性を褒めるって、ここはイタリアなの？　かつての面影もある瑛士だけど、やっぱり人とのコミュニケーション能力が、昔に比べて各段にアップしている。

——人に関わってみようって思うようになった。同じ後悔をするなら、人任せじゃなくて自分でやって後悔した方がいいと思って。

先週の懺悔《ざんげ》大会で言っていた、瑛士の言葉を思い出す。

やらかしちゃった後に前向きに考えられるのって偉い。そしてその結果が現在のイケメンかと思うと尊敬してしまう。一方の私なんてあの苦い経験を経て思ったことはひとつだけ。

——人に無闇になにかを強請《ねだ》ってはいけないし、そう思わせるような言動もしてはいけない。

だもんなぁ。うーん、性格。

「じゃあ行こうか」

「うん」

気持ちを切り替えるようにうなずくと、私たちは歩き出した。

映画館に着くと、いったん二手に分かれた。私は予約していたチケットの発券を、瑛士は飲み物を買ってくるそうだ。発券してグッズショップの前で待っていると、しばらくしてドリンクとポップコーンを抱えた彼が現れた。

「ポップコーン！」

しかもキャラメル味！

わぁっと子供みたいに目を輝かせたら、噴き出されてしまった。

「そこまで喜んでもらえたなら、買った甲斐があったよ」

「だって滅多に食べないじゃない？　映画館来たーって感じがするよね」

すっかりテンションが上がってしまったが、今度はこちらの番だ。

場内アナウンスが流れ、お目当ての映画が上演されるシアターが開場したので、私が誘導するように先に歩く。通常のシアターを通過し、私は大きく施設名が表示された一角に向かった。

「え？　これって」

戸惑う瑛士を安心させるように、私がうなずく。

「うん、体感型シアター。椅子が動いたり、風が吹いたりするの。今まで話聞くだけで体験したことがなかったから、ちょっと興味あって」

追加料金でもう一回分映画を観られそうって、正直思った。でもまあそれは十七年分の利息だ。

そう考えてつい奮発したんだけど、これって自己満足だったかな。

「余計だったかな？」

不安になって聞いたら、不思議そうな顔で聞き返されてしまった。

「なんで？　俺もこれで観たことなかったから、凄い嬉しい」

素直に喜んでくれる人でよかった。ほっとしながらシアターに入る。

そして二時間後――

「映画、面白かったね」

「最高だった。やっぱりあの監督、こういうのをテーマにすると上手いよな」

「確かに！」

「あと、体感型は臨場感《りんじょうかん》があってよかった。これ選んでくれて、ありがとう」

心から楽しんだ表情で瑛士が言ってくれたのが嬉しくて、でもなんだか照れくさくて、へらっとした笑顔だけ向けてしまった。

そのまま気をそらすように、今観た映画を振り返る。アクション物はやっぱり観ていてスッキリするなぁ。

満足のため息をついて、私は残っていたコーヒーを飲み干した。

ついでに瑛士のコーヒーカップも捨てようかと思って聞いてみる。

「ゴミ捨ててこようか？」

「一緒に捨てに行くからいいよ」

やんわりと断られ、一緒に廊下の端にあるゴミ箱に向かって歩き出す。一瞬の間があって、くすっと瑛士が笑いだした。

「体感型でポップコーンは、さすがにちょっと忙《せわ》しなかったかも」

ん？　と横に並ぶ彼を見ると、ポップコーンの容器を振ってみせた。中に残った屑《くず》がカラカラと音を立て、映画を観ている最中の私たちを思い出させる。

二人でＭサイズなら余裕だと思ってなめていたけど、いつまでも減らなくて最後は意地のように食べていた。

「映画観ながら振動にも揺られ、風も受け、色々とやることがあったからね」

「振動があると、ポップコーンの存在忘れるよな」

くすくすと笑い続け、コーヒーカップと一緒に空の容器をゴミ箱に捨てる。

「次回注文するなら、ポップコーンはＳサイズで十分だね」

反省を込めて言うと、瑛士がそれに付け足した。

「体感型はこれで満足したから、次は音響特化型を試したいな」

「確かに。私も次は、音響の方がいいな」

うんうんってうなずきながら映画館を出る。さて、これで本日のミッションはクリアしたけど、このまま解散するのかな。

チラッと隣の瑛士を見上げたら、しっかり目が合ってしまった。

「……次も、誘っていいの？」

「へ？」

なにそのワンコがご飯ねだるみたいな表情。

「映画？　別にいいよ。良さそうなのがあったら誘ってよ」

「うん。誘う」

間髪容れずにそう言うから、笑ってしまった。

「そんなに映画好きだって知らなかった。お勧めとかあったら教えて」

「それなら、俺の家に来ればいいよ。今度一緒に観よう」

タワマンかぁ。めっちゃお洒落なインテリアとかで統一されてそうだ。汚さないかちょっと心配。

「いつかお邪魔させてください」

さっくりと答えると、私はぐるりと辺りを見渡した。

それよりも、だ。私たちなんとなく駅とは反対方向の繁華街を歩いているけど、どこに向かっているのでしょうかね？

「瑛士はこの後予定ある？　せっかくだからお茶でもしていく？」

「えっと、せっかくだからご飯まで付き合ってください」

「ああ、一人暮らしだもんね。いいよ、別に。でも今、四時前でしょ？　ちょっと時間が中途半端だ」

「それなら買い物行こう。俺、買いたいものがあって」

「オッケー」

そんな感じで買い物に付き合って、夕方からは瑛士お勧めのビストロに行った。

最近は美味しいものを食べる機会が増えている。もちろんそのきっかけは、この目の前の人なんだけどね。

乾杯をして気持ちをあらため、私は瑛士を真っ直ぐに見据えてペコリと頭を下げた。

「今日は、私の我が侭に付き合ってもらってありがとうございました」

頭を上げると、穏やかな表情で彼が私を見ている。

「これで彩乃が抱いていた、誕生日プレゼントの罪悪感は払拭された？」

「された、された。特に瑛士が楽しんでくれたから、余計によかったなって思いました」

感謝を込めてそう言うと、瑛士もワイングラスを置いて、私に向き合った。

「それじゃあ、今度は俺の罪悪感も払拭させて？　自分のやらかしで、彩乃にずっとそんな気持ちを抱かせてた。これからは貸し借りなしで、こうして付き合ってほしいんだ」

その真剣な表情に、つい自分の姿を重ねてしまった。

私が商品券に対して罪悪感を抱いてしまったのと同じくらい、この人も商品券を贈ったことに負い目を感じていたんだろうな。

「分かった。じゃあ、中学二年生の誕プレ問題は、ここでお終《しま》い。次回からはリスタートね」

今日一緒にいてつくづく思ったけど、瑛士は本当に出来た人だ。そんな彼とこうして改めて遊び仲間になれたのは、自分にとってとても幸運だよね。

「では、これからもよろしくってことで、乾杯ー」

「うん、乾杯」

もう一回乾杯をすると、瑛士が笑ってグラスを重ねてくれた。その表情がちょっと苦笑っぽい。

「どうしたの？」

なんとなく引っかかって聞いてみる。でも瑛士はさらに笑ってみせるだけだ。

「いや、いいよ。いつか、おいおいね」

「はぁ」
「それより彩乃、角打ちに行く頻度って、二週に一回くらいって言ってたっけ？」
「うん」
「来週は、角打ちで会える？」
「う、ん。そうだね」

そこからなんとなく話題はそれて、色んな話で盛り上がった。

このひと月ほどで三回目の瑛士との食事だけど、飽きることなくまた会いたくなってしまう。頭の回転が良くて、知識が豊富な人だ。

三十代になって、こうやって気楽に遊びに行ける友達ができたのはラッキーだったな。

ふわふわとした心で自分の幸運を噛みしめる。

この年代って結構微妙で、家庭があると日々の生活に忙しくて遊ぶ暇がないし、独身なら仕事か婚活に忙しい。私は早々に婚活戦線から離脱してしまったけど、仕事に対して向上心があるタイプでもない。世間から取り残された状態で、淡々と日々を過ごしていたんだ。そんな毎日に、瑛士が彩りを添えてくれた。感謝だわ。

◇◇◇◇◇

そしてそれから、私の生活に隔週金曜日の飲み会が追加されるようになった。

五回目の瑛士との飲み会は、おでん屋さんに決まった。

私たちが角打ちで再会したとき、酒屋の店主がお勧めしてくれていた、あのおでん屋さん。

出汁がよく染みたおでんと、日本酒との組み合わせ。はふはふとはんぺんを無心で齧《かじ》ると、口の中にまだ味が残っているうちに冷酒を一口すする。

「んんー、美味しいね！」

幸せにふやけきった顔で、目の前の相手に同意を求める。

角打ち飲み会が四回と、映画帰りに立ち寄ったビストロを合わせると計五回。毎回美味しいものを食べて飲んでいるので、もうすっかり素の自分が出てしまっていた。

だって仕方ないよね。美味しいものを前にして猫をかぶるような真似はできないもの。酒を嗜《たしな》み、大人であることの歓《よろこ》びを素直に出せる飲み友達がいるのって、本当に最高だ。

「俺、彩乃の食べてるところを見るだけで、酒が進む」

「いや、おでんも食べてよ。大根も見てほら、この染みっぷり」

そうしてまた冷酒をぐびりと一口。十月の第三週、秋といいつつまだまだ残暑が続いている。おでんのような温かい食べ物にきりっと冷えた日本酒の組み合わせが、最高にハマる季節だ。これ、冬になってもっと寒くなれば燗酒《かんざけ》もいい。

「寒くなってからまた来たいな、ここ」

「いいよ。来よう」

「やったー」

冬のおでん会もこれで開催が決まった。上機嫌の私を眺めながら、瑛士が冷酒を飲んでいる。その表情が楽しそうだ。こういう、お互いに楽しい気持ちでいるのが心地いい。

「そういえば、また映画を観に行かないか？」

思い出したようにそう言うと、瑛士がスマホで特設サイトを開き、画面を私に見せた。

「ミュージカルの映画化だって。最近、宣伝がよく流れてくる」

「ミュージカル？」

瑛士とミュージカルが結びつかなくて、聞き返す。それからすぐに、理解した。

「そっか。体感型の次は音響特化型で映画を観たいって、言ってたもんね」

どれどれと身を乗り出して画面を見る。有名な賞をとったミュージカルのようで、待望の映画化を果たした話題作だった。その手のジャンルに疎《うと》い私はあらすじを把握してないけど、ヒロインが歌っている場面はよくＣＭで目にしていた。ワンフレーズだけなら私でも歌えるくらいだ。

「来週、もし予定が入ってなければ、どう？」

誘う瑛士の雰囲気がこちらの様子を窺《うかが》っているようで、ついくすっと笑ってしまった。

一ヶ月前の再会直後、瑛士からのお誘いにことごとく渋い対応をしたせいか、角打ち以外のお誘いのハードルが上がってしまっている気がする。

「うん。週末も特に予定入っていないから大丈夫だよ。じゃあ、来週の土曜日ね」

「よかった。ありがとう」

「こちらこそ、誘ってくれてありがとう」

なぜか二人でありがとうを言い合って、来週の予定が決まった。

そして当日——

映画館の中、主題歌が流れるエンドロールを眺めながら、私は眉間《みけん》に力を込めつつ心の中でつぶやいた。

しまった。しくじった。

まさかの泣ける話だった。主人公の成長物語。宣伝では泣ける要素など一つも匂わせなかったのに、親友との友情だの葛藤だの、まさかと思う場面で感動して涙がこみ上げてきてしまった。これ、油断して泣いたら涙が止まらなくなるやつだ。

ゼロか百かの瀬戸際に立たされた気持ちで、ひたすら眉間に力をこめる。そうしてやり過ごすうちにエンドロールも終わり、場内が明るくなった。

「……ねえ、彩乃。気のせいかもしれないけど、なんかもの凄い真剣にスクリーンを睨《にら》みつけてた？」

立ち上がりながら眼鏡姿の瑛士が私に話しかける。

手にはポップコーンの空き箱。前回の反省からSサイズを買ったので、完食済みだ。

「睨んでないよ。泣かないように眉間に力込めてただけ」

「……なんでそんな努力を？」

呆気《あっけ》にとられたように聞き返し、こちらの顔を覗き込む。そんな瑛士の視線から逃れるように反対の方向に向くと、私も立ち上がり歩き出した。

「映画を観て泣くのは、一人のときだけにしたいから」

「人と一緒にいるときは泣かないんだ。なんで？」

「なんで、って、……気を遣わせたくないから」

自分にとって当たり前の感覚を人に問われると、戸惑ってしまう。逆に瑛士からしたら、私の考えの方が珍しかったらしい。疑問符を頭に浮かべたような表情で、さらに問いを重ねてきた。

「映画で感動して泣くのってストレス発散にもなるし、感受性が豊かな証拠でもあるから、別に良いんじゃないのかな」

「ちょっとだけならね。でもこの映画、一度涙腺が決壊したらずっと泣き続けてしまいそうだったもん」

「うん？」

「隣で同行者がずっと泣いていたら、気が散っちゃわない？　せっかくの映画鑑賞を自分の涙でぶち壊すようなことはしたくないよ。それに私も、泣くほど物語の世界に入り込むのは一人のときだけにしたいし」

特に相手があなたのような魅力的な男性ですとね、安易に涙なんか見せられないんですよ。

と言いたくなって、ついチラリと瑛士を見上げてしまった。

「ん？」

「なんでもない」

速攻で視線に気付かれ、またもや覗き込まれてしまったので、慌てて視線をそらす。くそう、やっぱりいい男だなぁ、瑛士。

　元同級生、そして今は仲の良い飲み友達として良好な関係を続けられているけど、男女間の友情って難しい。だからこそ、配慮しなくちゃならないことがあると私は思っている。特に意識しているのが、相手に甘えすぎないこと。

　媚《こび》を売らない、と言い換えてもいいかもしれない。

　だってこんな人たらしのイケメン、油断したら際限なく頼ってしまいそうになる。瑛士は以前、自分に強請《ねだ》ってほしいと言っていたけど、少しでも気を許したら対等な関係ではなくなってしまう気がする。

　私が望んでいるのは、穏やかな友情。親しき中にも礼儀ありだ。

　素の自分は出すけど、頼りすぎず、甘えすぎず、適度な距離感でもって接していたい。たとえ感動からくるものだとしても、涙は距離感を乱すから不要だと思う。

「なんかさ、そうやって必死に泣くことを拒否している姿を見ると、逆にこっちのやる気が刺激されるよね」

「やる気？」

　不穏《ふおん》な言葉に驚いて、そらした視線を戻してしまった。

「彩乃の泣いた顔が見てみたい」

　ニヤリと笑う瑛士の顔につい見惚《みと》れ、しばらく動きが止まってしまう。そしてはっと我に返り、慌てて頭を振った。

「絶対、嫌」

きっぱりと言い切って、瑛士を軽く睨みつける。

案の定、瑛士は私を見つめたまま、くつくつと笑い出した。ちょっと待って、私からかわれてる？

「いつか見たいな、彩乃の泣き顔」

「見せませんー」

「なんで？　見せてよ」

「ってか、なにこれ。小学生の会話？」

めちゃくちゃ低レベルな会話をしているのに、瑛士と話しているうちに心が浮き立ってくる。まさか三十路を過ぎたところで、こんなに学生ノリで楽しく話せる相手が現れるとは思わなかった。

瑛士のからかうような愉快な表情がそのまま私にも移り、くすくすと笑いだしてしまう。

でも、これでよかったかも。眉間に力をこめなくても、もう涙は消えている。

「そうだ。このあと、ご飯食べに行くよね？」

他愛《たわい》のない話をしながら映画館を出て、どちらに行こうかと思ったところで私はあることを思い出した。

「彩乃さえよければ」

「もちろん行くよ。でもその前にちょっと付き合ってくれない？　プレゼント買いたくて」

「プレゼント？　誰かの誕生日とか？」

「当たり。友達にあげたいの」

うなずいて、繁華街の道をぐるりと見回した。

彼女が欲しがっていたのは良い匂いのするちょいお高めの、有名なハンドクリーム。都内を中心にショップ展開をしていて、この付近にも店舗があったはず。どこだったかな。スマホで調べようかと思ったけど、瑛士なら知っているかと思って試しに聞いてみた。

「ああ、その店なら確かこっちにあったはず」

あっさりとうなずいて案内してくれる。

「さすが手慣れていらっしゃる」

「どういう意味だよ」

「過去に何人もの女の子にプレゼントしたこと、あるんだろうなって」

からかうつもりでそう言ったら、なぜかこの話には乗ってくれずに渋い顔をされてしまった。

「もしかして触れたくない過去だった？」

ちょっと踏み込みすぎたかなと反省して、聞いてみる。途端に頭を振って否定された。

「そうじゃなくて、まんま当てられてしまうような分かりやすいことをしてたんだなってなんか恥ずかしくて」

「そっちか」

「まあでも」

ふっと息を吐いて、瑛士が小さくうなずく。

「お陰でこうして、彩乃の役に立ってるしね」

あれ？　なぜか満足そうな表情をされていますけど。

「確かに、出発点が商品券で、そこから化粧品まで来たのは成長の証。……かな？」

「女性って、ああいうちょっとしたもの贈ると喜ぶよね」

営業か？　営業活動なのか？　これ、恋愛の話じゃないよね。

ここまで来ると瑛士の人付き合いの隙のなさに感動して、小さく『おおー』と言ってしまった。

が、ともかく私の友達に誕生日プレゼントを買うべく、店に入る。

久し振りに訪れたハンドクリームのお店は、素敵な香りに満ちていた。

いや、ハンドクリーム専門店ってわけじゃないんだけど、自分の目的とする商品がそれだからつい。

「種類がありすぎて、これは迷いそうだね」

店内をざっと見回して、瑛士が客観的な感想を述べる。その隣で私は無言で身もだえていた。なにこの可愛い商品の数々。全てが魅力的で目移りしてしまう。

最近、こういうお店に入ることがめっきり少なくなっていた。たまに来るとやっぱりテンション上がるなぁ。自分の中の乙女心が潤っていく気がする。

「彩乃はどんなのが好み？」

ごく自然に試供品を手に取り、香りを嗅《か》ぎながら瑛士が聞いてくる。なんだか店員さんのようだ。

「どれも可愛いけど、どれが好みとか言えるほどの思い入れはないかな」

「フローラル系とか、シトラス系とか」

「どっちもいい匂いだよねー」

軽く流して、目の前のボディローションのボトルを手に取り蓋《ふた》を開ける。うん、いい香り。

「彩乃は、こういうのが好きそうかな」

隣のボトルの匂いを試していた瑛士がいたって真面目な表情で、勧めてきた。せっかくなので嗅いでみると、これもいい香り。お花お花していない、石鹸とかお風呂っぽい匂い。

「ああ、確かに。これ好き」

うなずいたけど、それを手に取ることはなく別の商品に意識を向けた。

「好みじゃなかった？」

「ううん。匂いは好みだけど、今日は友達のプレゼントを探してるから」

「そうだった」

うなずきながらも、まだほかのボトルも嗅いでいる。そんな瑛士の姿を見て、ふと数年前の自分のことを思い出してしまった。

「――自分の好きな香りと、他人がイメージする自分の香りって違うときがあるよね」

「どうしたの？　誰かにそう言われた？」

「いや、身近にコロンをつける人がいたんだけどね、なんかいつも違和感で……」

「……ふうん」

なぜか淡々とした口調で返されてしまった。

あれ？

「なんか私、変なこと言った？」

「いや。ただ、コロンってオーデコロンだろ。なに？　元カレ？」

うわ。鋭い。

思わずのけぞりそうになったけど、すぐに開き直った。男友達に昔の男の話を聞いてもらうのも、たまにはいいだろう。どうせ済んだ話だ。

「営業職の人だったんだけど、香りへのこだわりが強くてね。有名どころのフレグランスを気に入ってつけてたんだ。でも毎日同じものをつけてると、鼻が慣れてくるんだろうね。そのうち隣にいるとはっきり匂うくらいにつけるようになって」

「営業職なのに？」

「あ、うん。相手に自分を印象付けるには、まずは香りからってよく言ってた」

匂いって不思議だ。語るとそれまで忘れていたあの匂いの記憶が蘇《よみがえ》る。

「スパイシー系の男性っぽさが強調されるような香りが好きで、必ずそういうのを選んでた。でも本人の見た目はもっと線が細くて優しい感じで、愛嬌《あいきょう》の良さで仕事をとってくる人だったの。だから、なんでいつもこれを選ぶのかなって、疑問というか、不思議で……」

彼に別れを切り出されてから、早三年。もうすっかり忘れたつもりでいたけど、きっかけを与えられると記憶って簡単に蘇るものなんだな。

「……もしかして彩乃の昔の男って、年下だった？」

目の前に並んでいるボトルを眺めながら、瑛士がゆっくりとした口調で聞いてくる。

「凄い。なんで分かるの？」

その通りだったので、驚いてしまう。推理小説に出てくる探偵みたいだ。プロファイリングだっけ？　どうしてそれが分かったのか気になる。

その視線を受けてなのか、瑛士が苦笑した。

「自分が人からどう見られたいかっていう理想を香りに求めているんだろうなと思って。見た目に反した男らしい匂いを選んだというところになんか……若さを感じる」

気を遣ってなのか、瑛士は『若さ』とマイルドな言い方をしたけど、私の中では『幼さ』と変換された。

「今振り返ると、年下だからって舐められないように、私に対して気を張ってたんじゃないかなって思うよ」

同じようにボトルを眺め、当時の彼とのやり取りを思い出しながらつぶやくように言葉を返した。

同じ会社の総合職と派遣社員。彼から仕事を指示される立場だったし、そもそも社会に出てしまえば重視されるのは年齢ではなくて、その仕事での経験年数だと私は思っていた。

だから、たかが二歳の差で自分から年上ぶることなんか考えたこともなかったんだけど。

『年は下かもしれないけれど、アヤのことは俺が守るから』

付き合うようになって、抱きしめながらよく言われるようになった言葉。

あの頃はそれが嬉しくて、愛されているって実感して、結婚まで考えていたけど、冷静になってみると何から守られていたんだ、私？
『守る』と言っていた割には別れたときの放り投げっぷりがひど過ぎて、一生独身を決意するまでに至ったんですけど。

「あのときは気付かなかったり、気付かない振りをしていたりした違和感が、今になって見えてくることもあるんだね」

まさか香りからこんなことを振り返るとは思わなかった。ほうっと息を吐いて、自分の中の回想を終わらせる。

これ以上過去のことを考えてしまうと、暗黒界に落ちてしまいそう。危険、危険。

「さくっとプレゼント決めて、ご飯に行こう。辛いものが食べたいな。キムチとかスンドゥブチゲとかヤンニョムチキンとか。瑛士、韓国料理は大丈夫？」

「彩乃が香りに興味がないのは、その男のせいか？」

話を終わらせようとする私に対し、瑛士がさらに突っ込んで聞いてきた。なんか珍しいな、こういう瑛士。

まあせっかくなので、自分について振り返っても、いいかもしれない。

思い直して考えてみた。隣でキツめのコロンを付けてる彼氏がいて、さらに私までなにか匂いをさせる。それはしたくはないし、実際にやらなかった。

いや、元々フレグランスに興味がなかったのは……

「ご飯を食べるときに、それ以外の匂いって嗅ぎたくないから。かな」

直前までご飯のことを考えてしまったせいか、ついぽろっと言ってしまった。そして言った直後に我に返る。ご飯食べる以外のシチュエーションもあるでしょ、私。どんだけ食いしん坊なんだ。

慌てて瑛士を見ると、案の定笑いを堪えるように口元に手をやり、それからすぐに堪えきれずに笑い出した。

「ちょっと待って。違うの。多分、他にも理由はあるはず。今思いつかないだけで！」

「思いつかないんだ」

まずい。瑛士が肩を震わせてうつむいている。

これ以上店内で話を続けるのもどうかと思うので、笑い続ける瑛士を置いて、プレゼントを決めることに集中した。さすが女子が好んでプレゼントにしたがるブランドだけに、色んなギフトセットが取り揃えられている。その中から一番友達に似合いそうなのを見繕《みつくろ》い、購入した。

「さあ、スンドゥブ食べに行こう！」

促して、外に出る。

「辛いのだけ？　焼肉は食べていいの？」

「もちろんいいよ。韓国料理っていったら、まずは焼肉でしょう」

「よし、焼肉。でも確かに、焼肉食いに行くのに香水の匂いしていたら魅力半減かも」

「まだそれ言う？」

ツボに入ってしまったのか、ずっと瑛士が笑っている。

なんでこんなことになってしまったんだか。

呆れつつも肩を並べて歩いて、そういえばと気になったことを聞いてみた。

「瑛士はなにか付けてたりしないの？」

「フレグランス？」

「うん」

毎回飲み食いのことしか考えていなかったから、瑛士の匂いとか気にしたことがなかった。でも過去に女の子に化粧品を贈ったこともあるみたいだし、これだけ熱心に私に似合う香りを選ぼうとしていたんだ。なにかしら香水の類《たぐい》を持っていそうな気はする。

「結構好きだよ。良い香りがすると気持ちいいよね」

「でも、匂わないよね」

「そう？」

反論する私を横目で見て、くすりと笑う。その表情がなぜか色っぽく思えてどきりとした。

「匂いって、近づいて初めて香るのが良いんじゃないかな」

「うん、まあ、確かに」

それに関しては異論がない。特に元カレで匂いについて嫌な思い出がある分、力強く肯定したい。

「俺の匂いがしないのは、彩乃がまだ俺と距離を取ってるからだよ」

「距離？」

「もっと俺に近づいてよ」

そう言うと、瑛士が立ち止まった。つられて私も立ち止まり、二人の距離を意識する。

歩幅で言ったら三歩くらい。お互いが一歩ずつ踏み込めば、そこに空いた隙間は一歩分。いつも私たちがキープしている空間だ。瑛士はその一歩を超えて、私に近づくように伝えている。

「ほら」

にこりと微笑むその目が、真っ直ぐこちらを射抜いていた。なぜか知らないけど、挑発されているみたいだ。

来るの？　来ないの？

そんな心の声が聞こえてきそうだ。そもそもなんでそういう話になったんだ？　そんな急なのはちょっと、いや、絶対に――

「嫌」

短く言った拒絶の言葉に、瑛士がぽっかりと口を開けた。

「えー」

「人を試すような言動をする人には近づけません。からかうのはなしで！」

腰に手を当て、胸を張って説教する。気分は中学校に昔いた、怖くて有名だった教師だ。

「……彩乃にこの手は通じなかったか」

がっくりと肩を落とす瑛士を見て、笑ってしまった。近寄るようにと相手を誘うって、男女だと変な誤解が生まれてしまう。自重しないとね。

「今日は二回も拒否されてしまった」

「残念でした。でも友達同士は、そこまでくっついたりしないよ」

言いながら、一歩踏み出す。それを見て、合わせるように瑛士も歩き出す。

いつもの二人の間に存在する、一歩分離れた距離。瑛士ももう、それを無理に縮めるようなことはしない。

「この近辺で美味しい焼肉屋さん知ってる？　私検索しようか？」

「勘で入ってみるのもいいんじゃないかな」

いつものような会話に戻って、私は内心ほっとしていた。瑛士とは、この距離が良い。この距離でいたいんだ。

第三章

すっかり習慣となった隔週金曜日の角打ち。今日も仕事帰りにいつもの酒屋、『鈴木酒店』に寄っていく。

「こんにちはー」

気軽に挨拶をしながらお店に入ると瑛士はまだ来ておらず、別のお客さんが五人ほどカウンターで飲んでいた。男女の二人連れが一組と男性の一人客が三組。酒屋の中の一角にあるカウンターなので、これだけの組数でもほぼもう満席になってしまう。

「今日は混んでますね」

店主に声をかけると、カウンターの向こうから返事がきた。

「お陰様で。あ、ユウコちゃん、隣にお客さん入れてあげてくれるかな」

「いいわよー」

ユウコちゃんと呼ばれた女性が気軽にうなずいて、体をずらしてスペースを作ってくれる。

「どうもすみません」

会釈をすると、奥からひょいと連れの男性がこちらを覗き込んだ。

「いいよ。ちょうど帰るところだったし」

「そうそう。私も帰ってご飯作らなくちゃねー。ってことで鈴木君、お会計して」

お酒が入っているせいなのか、明るいテンションでテンポよく会話がつながっていく。常連客、というよりも地元の人なんだろうな。私よりも一回り上、四十代と思わしき近所の知り合い同士が、楽しく立ち呑みをしている雰囲気だ。鈴木君、と呼ばれた店主も慣れた様子で二人に軽くうなずき、会計をするのかと思いきや、伝票を持って私を見た。

「その前に、こちらのお客さんの注文聞いてからね」

場所に続いて注文まで譲ってもらうとは。恐縮してぺこりと頭を下げてから、メニューを見る。

書かれているのは

日本酒グラス
日本酒飲み比べ三種
クラフトビール

の三種類のみ。あとはお水が欲しければペットボトルのお水を、ツマミが欲しければレジの横で売っている乾き物を、別途買うシステムだ。

「えーっと、いつもの飲み比べ三種で。あと、お水も」

「ありがとうございます。いま、お酒並べますね」

私の注文を聞いて伝票に書いて、そこで店主は初めて困ったように伝票と私を交互に見比べた。

「すみません。今更なんですが、……名前を伺っても？」

たしかに、それぞれの伝票を区別するには名前を書くのが一番だ。

「遠藤」

「あのね、私、ユウコ！」

「俺、コウタ！」

「いえーい！」

二人の息の合いっぷりに思わず噴き出してしまった。

「ごめんなさい。この二人、実は僕の同級生で」

困ったような顔で店主が説明し、納得した。だからユウコちゃん、鈴木君呼びなのか。

「鈴木君とは中学校が同じだったの。まさかあの頃は、こんな風に角打ちに通ってお酒を飲むようになるとは思わなかったけれどね」

「そうそう。大人になって新たに知る愉《たの》しみってあるよな」

幼馴染三人がニコニコとして語っている。その姿を見て、私も嬉しくなってきた。

「それすっごいよく分かります」

中学時代の同級生である瑛士と再会し、まさかの飲み仲間、遊び仲間になっている自分にとって、目の前のこの人たちは人生の先輩だ。瑛士とも、こんな感じでずっと続いていけるといいなぁ。

「で、名前なんだっけ？」

「えん、……アヤです」

コウタさんに聞かれて苗字を名乗りかけ、思い付いて呼び名を告げた。

「アヤちゃんね！」

笑顔のユウコさんにすかさず呼びかけられる。

「……あの、この人たちに合わせなくてもいいですよ？」

心配そうに店主、こと鈴木さんが言うのを見て、また笑ってしまった。

「私、普段は友達からアヤって呼ばれているんです。だからここでもアヤって呼んでもらえればと」

「アヤちゃん、よろしくー！」

「アヤちゃん、普段はどんなとこで飲んでいるの？」

ユウコさんたちの畳みかけるような会話の勢いが凄い。まだお酒を飲んでいないので追いつくのに必死になってしまうけれど、二人とのやりとりは面白いので続けてしまう。

「いつも鈴木さんにお店を教えてもらって、新規開拓をしてるところです」

その言葉にユウコさんはふむとうなずいて、カウンターの端に置かれたショップカードの入った箱から一枚を抜き取り、私に差し出した。

「このお店は行った？　小料理屋さんなんだけど」

「いえ、まだ……」

「いいお店よ。夫婦でやってるんだけど奥さんの気っ風が良くてね、女の子一人で行ったら多分喜んでサービスしてくれるわよ」

「一人……」

確かに今の私は傍《はた》から見れば、一人で飲みにきている女性客だ。そんな私に一人でも気軽に飲みに行けるお店を紹介してくれるとは、ユウコさんのコンシェルジュ能力の高さに感心してしまう。

さっそく受け取ったショップカードを見ながらスマホで検索をして、地図を調べた。お店の前の道を駅方面に向かって歩いて、右に折れたところか。ここならすぐに行けそう。

「お待たせしました。はい、今日出せるお酒。並べるから、選んでくださいね」

タンタンッとリズミカルに四合瓶が目の前に並べられていく。鈴木さんは私の反応を待たずに二人分の伝票を手に取ると、レジに向かった。

「ユウコちゃんとコウタもお待たせ」

「ありがとう。私のお会計はコウタに乗っけていいわよ」

「よくないぞー」

そんな軽口にまた笑う。鈴木さんの口調が二人と話すときはずいぶんと砕けている。でも私と話すときも、ずいぶんと親しみのこもった口調になった。名前も教えたし、これで私も常連さんになったのかな？

「じゃあアヤちゃん、またね！」

「はい。お店教えていただいて、ありがとうございます！」

「行ったら感想教えてねー」

手を振って二人を見送り、それからようやく並べられた四合瓶と向き合った。

並べられた瓶は全部で六本。ここから三種類を選んでと。

「今日はそれ以外に、焼酎も二本あるんですよ」

「焼酎！」

ああ、どうしよう。そこまではさすがに手を広げられない……！

なんて幸せな悩みで唸《うな》っていたら、ようやく瑛士が現れた。

「ごめん彩乃。ちょっと遅刻した」

急いで来たのか少し息を切らしている。そんな瑛士に呼び掛けられて、そういえば彼だけは私のことを彩乃と呼んでいるんだよなと、思い返した。再会したときに彩乃と呼ばれて、それでいいと言ったんだっけ。他の人たちに自らアヤと名乗った後に瑛士から彩乃と呼ばれたので、なんだか変に意識してしまった。そわそわして落ち着きがなくなるというのか、でもそれは決して嫌な感じでなく、なんか照れくさいというか……

「どうした、彩乃？」

不思議そうに聞かれてしまって、びくりとした。

「なんでもない。なんでもないよ」

慌てて否定したけど、余計に怪しい態度になってしまった。いつものように名前を呼ばれただけなのに、なんでこんなにうろたえてるんだ私？

これ以上自分のことを考えていると挙動の不審さが増しそうだったので、目の前の彼に意識を集中させた。瑛士の今日の格好は、オフホワイトのセーターにチノパン。十一月の後半とはいえまだ冷え込みも厳しくはないせいか、コートは着ない代わりにマフラーをしている。そのマフラーを外す仕草《しぐさ》がなんとなく気だるげで、あれ？　と思った。

「瑛士こそ、どうしたの？　なにかあった？」

「え？」

気軽に聞いてみただけなのに、なぜだか瑛士は驚いた表情で私のことを見つめ返す。

「なんかあったように、見えた？」

「気のせいかな。瑛士が疲れているように見えたから」

言い訳がましく説明すると、瑛士の表情がだんだんと満足げなものに変わっていった。あれ？疲れてないのかな？

「気のせいじゃないよ。ちょっと仕事で面倒くさい役目を押し付けられて、うんざりしてたところ」

「それにしては……今は上機嫌みたいだね？」

「だって、彩乃はそんな俺の状態に気が付いたんでしょ？」

いや確かにそうだけど、そんなに嬉しいことになるのかな？

「誰かに気遣ってもらえるのって、嬉しいですよね」

噛み合わない私と瑛士の会話を見兼ねたのか、鈴木さんがくすくす笑いながら入ってきた。

「そう。特に一人暮らしで在宅勤務をしてるとね」

瑛士の返答に納得する。私は実家で親と同居してるから、母親からお小言をもらうことが多くてうんざりするけど、一人暮らしだと誰かに心配されることも少ないだろうし、心に染みるものなのかも。

「私でよければいつでも気遣うよ。仕事の愚痴、聞こうか？」

ん？　ん？　って言いながら身を乗り出したら、瑛士に笑われてしまった。なんだか私、さっきのユウコさんコウタさんのノリがうつってしまっている。

「とりあえず、今日はどうします？」

「そうだな。グラスでもらおうかな」

瑛士はひとしきり笑うと、注文をした。私もまだどれを飲むか決めていなかったので、二人でそれぞれのお酒を選ぶ。

鈴木さんが瑛士にも名前を聞いて伝票を書いて、それからお酒を注いだ。ソムリエのような洗練された動作とかでは決してないけど、瓶に添える手が丁寧で、お酒を大切に扱っている。そうしてお酒を注がれたグラスを眺めながら、瑛士が思いついたようにつぶやいた。

「ここで相談に乗ってもらうのは、いいかもな」

「仕事の愚痴？　じゃなくて相談？」

「私もですか？」

思わず鈴木さんと目を合わせて首をかしげてしまう。瑛士はそんな私たちにうなずいた。

「どちらにも相談したいな。来週、本社の役員たちがこちらの支社に査察に来るんです。うちの部関連のお偉いさんなので、俺がその世話係になってしまって」

「それは確かに面倒くさい」

瑛士が気だるげになるのもよく分かる。

「業務だけならいいんだけど、せっかく出張でこっちに来るんだからどこか店を案内してほしいってリクエストがあって。日本酒の飲み比べができる店を探してるんだ」

その相談なら、私より鈴木さんの方がお役に立つ。任せましたという気持ちを込めて見つめると、逆に鈴木さんが聞き返した。

「探している店は飲み屋ですか？　飲み比べだけなら、ここでやればいいじゃないですか」

「ここ？」

「角打ちで飲み比べしてもらって、気に入った酒があったらお土産に買ってもらって、その後で飲み屋に行けばいいのではないかと」

「確かに」

飲食店でお酒を数種類頼んで飲み比べればことは済むかもしれないけど、飲み比べが酒屋の角打ちでということなら、より珍しさが増す。出張後に良い土産話にもなりそうだ。

「人数、自分を入れて六名くらいなのでこのカウンターを占拠することになってしまいそうなんですが……大丈夫ですか？」

「角打ちの貸し切りですね。その後別のお店に行かれるのなら一時間もしないだろうし、時間合わせて席空けておきますよ」

「ありがとうございます。では詳しい話は後日ということで」

鈴木さんのお陰で瑛士の悩みも解決した。私は横で見ているだけだったけど、よかったよかった。

「――それで今日は、この後どちらに？」

そんな問いかけに、瑛士が私に視線を動かす。

「彩乃、この間教えてもらった焼売《しゅうまい》の美味い中華屋に行きたいって言ってなかったか？」

「そういえばそうだったね！　それなら今日はそこにしよう」

ぷりぷりで肉汁たっぷりの焼売が蒸籠《せいろ》に蒸された状態で出てくる、と聞いたときから行きたいと思っていたお店。肉汁を想像するだけで幸せになれる。この近くには本当に美味しい料理を出すお店がたくさんあるんだな。

世の中は美味しいものであふれている。それに気付けたのは瑛士のお陰だ。一人で飲むのも楽しいけど、瑛士と飲みに行くことによっていろんなお店を知って、色んな美味しいものを食べることができている。

「瑛士といると、美味しいものに巡り合えるね」

鈴木酒店を出て中華料理屋に入り、お目当ての焼売とビールに幸せを実感したら、素直な気持ちでそんな言葉が口から出ていた。無意識の褒めたたえだ。おお。

「俺の方こそ、彩乃といると新規開拓ができて楽しいよ」

「お互いにいい思いができているなら、なによりです」

「そうだね」

二人で目を合わせて、微笑みをかわした。

気兼ねしない相手と楽しい時間を過ごして、お互い満ち足りた気持ちに浸れる。これって凄く貴重な経験なんだなって、大人になればなるほど実感していく。交流関係なんて、そのときのタイミングで、どんどん変わっていくもの。恋人とだって、一生を誓い合う前に終わってしまった過去を持つ私だ。こうして友達と気楽に付き合えるのもいつまで続くか分からない。

そんな風にわざわざ戒《いまし》めなければならないほど、瑛士と飲むことは私の日常の癒しになっていた。

「そういえば、彩乃は食べること以外……芸術関連は興味ある？」

思い出したようにそう聞いて、瑛士がショルダーバッグをがさごそとあさりだす。

「失礼な。食べること以外もちゃんと興味あります」

人のことを食欲魔人かなにかと思っていないか、この人？

「それなら写真展を観に行かない？」

「写真展？」

「取引先の会社から招待券をもらったんだ」

差し出されたチケットには、写真家の名前と彼の代表作であろう作品が印刷されていた。

「海外の写真家かぁ。そっち方面全然知識なくて」

知識がないだけで、興味がない訳じゃないの、と心の中で言い訳をしたら、まるで心を読んだかのように瑛士が続けた。

「興味もない？　一緒に行けたらなと思ったんだけど」

「興味はある。いいよ、行こう。瑛士、いつがいい？」

流れるように行くって返事したけど、ふと我に返る。

あれ？　なんだかんだで私たちって月二の角打ちに月一のお出かけと……合計で月に三回も週末

に会ってるの？

「よかった。それじゃあ、来週の土曜日でいい？」

「あ、うん」

心から嬉しそうに微笑む瑛士を見て、まあいいかって思ってしまった。

瑛士と話していると、話がサクサク進んでいく。頭の回転が速い人だよね。でも決して置いてきぼりにするようなことはなくて、こちらの判断や意見を尊重してくれる。そしてなにより、押しつけがましくならないところが凄いと思う。次に会うのは来週の土曜日か。映画が楽しかったのでより一層、写真展も期待感が増している。楽しみだな。

なんて思っていたんだけど——

翌週の水曜日、珍しく早く仕事が終わった。このまま家に帰るのは、もったいない。どこかに寄り道していきたいけど、どこに行く？

そう考えをめぐらすと自然と足が向いてしまうのが、角打ち。もうすっかりお馴染みになっている気がする。

今日は久々に一人で角打ちを、と少しわくわくした気持ちで歩いていたら、いつも出ている看板が出ていないことに気が付いた。臨時休業、ではないか。お店の明かりはついている。ただ角打ちの看板だけが出ていない。

ということは……

「今日だったか」

先日の瑛士の話を思い出した。会社役員がやって来ての、角打ち案内。

せっかくの私の楽しみを奪われたんだから、瑛士がお偉いさんに囲まれて働いているところをこっそり見てみようかな。

冷やかし気分で店の前まで行くと、そのタイミングで女性が一人、店から出てきた。私より少し下に見える。たぶん二十代後半くらいのパンツスーツを着こなした、なかなかに美人な女の人。

「お電話お待たせしております。本橋《もとはし》です。いつもお世話になっております。例の件ですね」

電話が入ったので慌てて店から出たのだろう。美人なだけではない、きびきびと話す姿はいかにも仕事のできる総合職といった感じ。女性雑誌の月間コーディネート特集に出てくるモデルみたいな人だなと思った。

ゆるくカールされたセミロングの髪。夕方なのに崩れもせずにあのカールが保たれているのが素晴らしい。そしてできる女のきりっとした表情に、ナチュラルに見えてしっかり華があるメイク。

うっかり見惚《みと》れてから一拍遅れて、開いた自動ドアから店の喧騒《けんそう》が聞こえてきた。つい中の様子が気になって、陰から店内を覗き込んでしまう。

「うっわぁ……」

なんだろう。なんか、角打ちじゃなくて英国風パブみたいになっている。

カウンターで立ち呑みをしているのは、合計五人のスーツを着たビジネスパーソン。人種も多彩で、全員が英語を喋っていた。いつもの空間がいきなり外国になっている。そんな集団の中心にいたのは、瑛士。にこやかな顔で、お酒の説明をしているのかなにかを英語で語っていた。

本社から役員が視察にやってくるって、国内の話じゃなかったのか。

最初に話したときに勤務地のイメージが大企業か外資系しかないって思ったけど、本当に外資系の企業に勤めてたんだな。そういえば瑛士、アメリカに留学してたんだっけ。

「かしこまりました。明日メールをお送りいたします。それでは」

ぼんやりと立ち止まったまま、ぐるぐるととりとめもないことを考えていたら、背後から声が近づいてきた。

「失礼」

「あ、ああ」

日本語で言われたのに、感覚的にはエクスキューズミーと言っているように聞こえた。慌てて横にどいて、先ほどの彼女が店内に戻るのを目で追った。

「大浦さん、今の電話なんですが」

彼女が瑛士に呼びかける様子を見て、慌てて店から離れる。私がこの場にいると知られるのは、なんだか気まずかった。

「びっくりした……」

あえて口に出して、自分の気持ちを吐き出してみる。

瑛士、格好よかったな。スーツ着て、立ち姿もすっとしていて、いかにも仕事のできる男って雰囲気だった。あの部下の女性を従えて、役員接待もそつなくこなしていそうだ。

「……」

なんとなく、胸の中にもやもやとした黒い雲が生まれてくる。これは、どんな感情なのだろう。答えが見つからないまま駅に向かって歩いている。あれ？　私、家に帰るつもりだったっけ？　ちょっと飲んでいこうって思ってたんだよね。

ぼんやりと辺りを見回していたら、先日のユウコさんとの会話を思い出した。このすぐ先のところで右に折れたら、お勧めの小料理屋さんがあったはず。

「行っちゃおう、かな……？」

もやもやについて考える前に、まずは気分転換に新規開拓をしてみよう。そう決意すると、目的地を店に変えて歩みを進めた。

◇◇◇◇◇

「いらっしゃい」

お目当ての店に入ると、まず明るい声のお姐《ねえ》さんに迎えられた。ユウコさん情報だと、このお姐《ねえ》さんと大将の夫婦でお店をやっているとのことだった。

「おひとりさまですか？」

「はい」

うなずきながら店内を見回す。奥が障子《しょうじ》で仕切られる座敷になっていて、手前に四人掛けのテーブル席が四つ。そしてカウンターの奥が厨房という作り。カウンターの横にある小型の冷蔵ショーケースには一升瓶が何本も入っていて、さらにカウンターの上にも並べられていた。いかにも日本酒にこだわっている店という感じで、俄然《がぜん》気持ちが高まってくる。

「カウンターにどうぞ。お客さん、初めての方ですよね」

私が珍しそうに店内を見回しているのを笑顔で見守り、お姐《ねえ》さんが聞いてくる。

「はい。あの、鈴木酒店のお客さんからこのお店を教えてもらいまして……」

「あら。ってことは角打ちのお客さん？　ユウコちゃんかしら」

「そうです」

「嬉しいわぁ。ユウコちゃんね、私の中学時代の後輩なの」

ってことは地元仲間なのか。濃いつながりがあるところを紹介してもらったんだな。

なんの予備知識もなく女一人で初見の小料理屋に入る勇気はさすがにない。こうして教えてもらったから入った店だったけど、どうやら当たりだったようだ。愛想のよいお姐《ねえ》さんが、さらに優しくなっていった。

とりあえずの生ビールを頼み、メニューを見る。メニュー表の他に別紙で『本日のおすすめ』と『おすすめの酒』があって、じっくりと眺めてしまった。

角打ちですっかり馴染んだつもりでいたけれど、一人でお店に飲みに行くって、そういえばしたことがないかもしれない。考えてみれば当たり前のことなんだけど、一人で飲むって一皿おひとりで食べきるってことなんだよね。ってことは、そんなに種類を頼めないか。

「お料理でお勧めって、なにがありますか？」

「そうねぇ……、あ、マスター、お任せできる？」

「おう」

「お任せ？」

分からずに首をかしげて聞いてみると、お姐《ねえ》さんが片目をつむってうなずいた。

「今日はコース料理の予約が入っているんです。だからもしお任せにしてくれるなら、コース料理と一緒に作って出せるから、色々とちょっとずつ用意できるけど。どうですか？」

「それいい！　それでお願いします！」

なんてラッキー。コース料理のお客さん、ありがとう！

見知らぬお客に感謝の気持ちをささげていると、ガラリと引き戸が開く音がして、スーツの一団が入ってきた。

「すみません、予約していた大浦ですが」

「え……」

まじまじと見つめて固まってしまった。予約客って、あれ？　瑛士？

「あ」

目が合って、瑛士の口が『あ』から『や』に変わる瞬間にハッと気付き、小さく首を振った。

いやこの状態で親し気《げ》に話しかけられても、正直どうしていいか分からない。お互いにプライベートで偶然同じ店で会うなら喜んで手も振って話しかけるけど、さすがに仕事中で他の人と一緒にいる瑛士を邪魔したくはない。

私たちは見知らぬ客同士。知らん振り、知らん振り。

「いらっしゃい。奥のお座敷にどうぞ。掘り炬燵《ごたつ》だから、正座とか胡坐《あぐら》かかなくて大丈夫ですよ」

ああ、それはありがたいなー。

なんて、カウンターに並んだ酒瓶を眺め、生ビールを飲んで、お通しのひじき煮をつまんで瑛士たちの方は見ないようにする。私は見知らぬお客さん。背景の一部としてモブに徹していましょう。

瑛士は私の意図を理解したようで、その後はこちらを見ることなく、お偉いさんたちの相手を始めた。もちろん全部、英語。案内してほしいっていうのは、通訳込みでのことだったんだな。

「はい、お待たせしました。刺身五点盛りでーす」

そう言って出される大皿に、オウ！　だのワーオ！　だの歓声が聞こえる。

「すみませーん、これ五点盛りじゃなくて、八点盛りですけど」

訝《いぶか》しそうな声は、先ほどのできる女オーラの彼女だった。

「サービスでーす」

こともなげに言うお姐《ねえ》さん。サービスという言葉は聞き取れたのか、また歓声が聞こえる。うんうん。楽しそうでなによりだわ。

できる彼女もやっぱり英語は標準装備だったようで、瑛士と同じように役員たちに積極的に話しかけ、正しい箸の持ち方をレクチャーしたりと働いている。どんな内容だか正確な聞き取りはできないけど、二人の働きや相手の反応で、パーティーは和やかに進んでいるのがよく分かった。役員たちは角打ちで満足したのか日本酒はあまり注文せず、もっぱら生ビール。せっかくのラインナップなのに日本酒を頼まないなんてもったいないと思うけど、私が言うことではないか。そして料理が出るたびに歓声が起こる。そのおこぼれをもらうように、私にも小ぶりな皿に盛りつけられた料理が順々に出された。

「この小アジの南蛮漬け、美味しいです！」

彼らほどではないけど、私も嬉しさを素直に表してカウンターの向こうの大将に話しかける。大将は小さく「どうも」とか「ありがとうございます」と返してくれるけど、その照れくさそうな表情にもまた和んでしまった。大将の可愛らしさを肴《さかな》にお酒を一口。ああ、これも美味しい。

ゆっくり飲んではいるけど、少しずつ酔いは回ってきて、ふわふわと楽しい気持ちになってきた。さっき感じたもやもやが、なんだかどうでもよくなってくる。というか、なんでもやもやしていたんだ？　私？

ちらりと座敷を横目で眺める。にこやかで楽しく飲んでいるけど、さすが仕事の飲み会だ。決して羽目を外さずにみなさん節度を守っていらっしゃる。そこで微笑みを絶やさずまんべんなく話しかけ、その場を仕切っている瑛士の姿があった。なにを話しているのかは知らないけど、決して油断はできない場なのだろうな。飲みの席で気を緩めてはいけないなんて、私には到底入っていけない世界だ。

……なんで瑛士は、私と友達でいるんだろう？

考えれば考えるほど自分と彼との隔《へだ》たりとか距離を感じてしまう。気が付けばまたもやもやが生まれて、さらに疑問が浮かんできた。

見た目の格好良さだけでなくて、気遣いもできて、頭の回転も良くて、仕事のできる男。

中学時代の同級生とはいえ、もうあれから十七年も経っている。当時の彼とのつながりといえば文通くらいで、いつの間にか途絶えていた訳だし、そんなに深くお互いを知り合っているわけではなかった。あの頃の感覚で接していたけど、今の二人はあの頃とは違う。それなのに月に三回もご飯を食べに行ったり、映画を観に行ったりしてるのは……

「よっぽど気が合っちゃったから、なのかなぁ」

グラスをかざしながら、気がついたら独り言が口からこぼれていた。

駄目だ、そろそろ自重しないとこのまま本格的に酔っぱらって、家に帰れなくなってしまう。

「すみませーん、お冷ください」

「はーい」

水で血中アルコール濃度を薄める努力をしていると、ふと隣に人が立つ気配がした。反射的に顔を上げると、瑛士がいた。

「すみません、お会計を」

ああ、ここカウンターだから、この並びにキャッシャーがあるのか。お会計ってことは、宴会も終わりなのね。幹事さんご苦労様。

心の中で語り掛けるけど、他人の振りをしている手前、あまりじろじろと見る訳にもいかない。視線をそらして野沢菜漬けをつまんでいたら、背後から瑛士に呼びかける声が聞こえた。

「大浦さん、タクシー手配できました。十分後に二台来るそうです」

「了解。ありがとう」

張りきった声の彼女と、当たり障りのない瑛士の声。つい興味がそそられて、壁に貼られたメニューを見る振りして、横に並ぶ二人を見てしまった。

「全員満足されていましたよ、大浦さん。酒屋とかこのお店とか、色々と知っていらっしゃるんですね。さすがです」

「そんなことないよ」

できる女のお手本のような彼女が、瑛士に褒めてもらいたくて頑張っている。人の使い方が上手いな、瑛士。

「私は角打ちなんて、存在すら知りませんでした」

「俺も偶然知っただけだよ」

はははと軽く笑いながら返す瑛士につられて私も笑いそうになってしまう。うんうん、鈴木さんのお陰だよね。

「このお店もよかったですし。本当に良いお店を色々と知っていますよね、大浦さん」

そう言う彼女の声が艶を帯びてきて、あれ？　って思った。

こんなに張りきっているのも、ひたすら瑛士を褒めているのも、これはもしかして……？

「ほかにもいいお店があったら教えていただけませんか」

「ここも人に教えてもらった店だよ。今日で本橋さんもこの店のこと知った訳だし、またここに来ればいいんじゃないかな」

「一人で、ですか？」

ありえない。って副音声が流れてくるような声音だった。

そして私のつむじに、ちりっと視線を感じる。なんとなく次に起こることに身構えていると、ふっと息を吐き、彼女が声を落として瑛士に囁いた。

「私はこういうお店には、一人ではちょっと……。なんか、寂しい感じがしてしまって」

あ、来た。見知らぬ客をだしにしての、自分はこう思うアピール。

ぴくりと体が反応しそうになったけれど、聞こえていない振りをかろうじて貫いた。わざと聞こえるように大きく言うなら、それは他人に喧嘩を売る行為なので受けて立つこともできる。けれど声を落としたということは、聞こえないように言いましたという意思表示だ。ここで私が反論すれば、聞き耳を立てていたこちらの方が大人げない人間だと思われる。瑛士、こういう子にどんな反応をするんだろう？

「一人飲みは、寂しい？」

瑛士が聞き返す。その声が平坦で感情がこもっていないことに、ひやりとした。不快を表に出そうとしないが故の、平坦さ。これはあんまり好ましくない反応だ。

彼女はその危うさに気付いていないらしい。さらに同意を求めてきた。

「だって、一人でお酒飲むなんて寂しくありませんか？　私なら、気の合う人と一緒に楽しく飲みたいです」

「そう」

私の真後ろで繰り広げている会話のため彼らの表情は分からない。だけど瑛士がよそ行きのとってもいい笑顔を見せていることは推測できた。その証拠に、彼女の楽しげなふふっという笑い声が聞こえる。

「ところで、思ったよりも早く終わりましたね。あの、大浦さんのお勧めのお店をもっと知りたいなぁと思って。この後お疲れ様会兼ねて、もう一軒とか……？」

ただ聞いているだけなのになぜだろう、非常に居心地が悪くなってきた。自分が親しく付き合っている友達が、部下に好きアピールされているのを目《ま》の当たりにするのって、なんかこう居たたまれない。さらに彼女のアピールがことごとく瑛士の地雷を踏んでいるのが、余計に辛い。

素面《しらふ》で聞いてはいられなくなって、中途半端にグラスに残っているお酒を一気に呷《あお》った。聞こえていない振りをし続けるには、お酒を飲むのに限る。えーっと、次はなにを飲もう。

「すみませーん、次、このお勧めのをください。グラスで」

「はーい」

さっきまでほろ酔いだったはずなのに、すっかり酔いが覚めてしまった気分だ。

「本橋さんは、許容範囲を広げた方がいいかもね」

「え？」

瑛士の静かな口調が耳に入る。責めるのでもなく、とても冷静な声。それに対し、彼女が無邪気《むじゃき》に聞き返す。

「許容範囲ですか？」

「一人で飲みに行ける愉しみを、いつか分かる日が来るといいね」

「え、あ」

どういう意図か掴みかねたらしく、彼女から戸惑ったような声が漏れる。瑛士はそれを流すと、口調を変えて話を続けた。

「ところで、さっきのメールの件、明日データを送るんでしょ？　本橋さんの持ってるデータは元のだから、そのままでは送れないよ。必要なところだけ抜き取らなければいけないので、部長の承認が必要です」

　できる上司の声だ。

「はい」

「部長、明日は十時から視察同行でいなくなるから。朝一で作成しなくちゃ駄目だよ」

にこやかな宣言に、彼女の息を呑む音が聞こえた。

「夜更かし、していられないね。今日はこれで解散。お疲れ様です」

「……はい」

　しゅんとした彼女の声を聞きながら、私は新たに来たお酒を一口飲んだ。

　残念。果敢《かかん》にアタックしてたけど、これはちょっと失敗だったなぁ。って、いったい私はどの立場なんだ。

「あ、タクシーそろそろ来るね」

　そんな声と共に二人は座敷に戻っていった。お開きを告げる短いスピーチがあって、みんながぞろぞろと店を出ていく。彼らがお店からいなくなり、タクシーに乗り込み去っていく喧噪《けんそう》も聞こえなくなった頃、私は静かに息を吐きだした。なんだろう、この疲労感。

「すみませーん、これと同じの、もう一杯」

お代わりをお願いして、一口飲んで、ぼんやりと考える。

今日は見たことのない瑛士の姿を、図らずしも見ることができてしまった。飲み会の席ではあったけど、あんな感じで働いているんだなぁ。本社の役員をうまいこと掌《てのひら》で転がして、下心ある部下をうまくかわして教育して、全方向に隙のない優秀なできる男……

本当に、なんで私なんかと飲み仲間やってるんだ？

だんだん落ち込んできた。どっちも三十超えて独身ってとこは同じなのに、人生の成功者と敗北者に分かれているような気になってきた。いや、勝ち負けで語りたくはないんだけど、でもどう考えても瑛士の方がキラキラしてない？

「彩乃、それ何杯目？」

横から手が伸びてきて、空になったグラスがすっと取り上げられた。

「飲み過ぎてるな」

「瑛士……？」

さっきお店から出て行ったはずの彼がいて、私はゆっくりと首をかしげた。

「なんでここにいるの？」

「なんで、って戻ってきたから」

瑛士が眉を顰《ひそ》めて、しかめ面になる。

「なんで？」

「心配だからに決まってるだろ？　一人で飲みに行ったりしないでよ、彩乃」

「なんで？　一人で飲み行くの、愉しいじゃない」

さっき瑛士が部下の彼女に行った台詞《せりふ》だ。あれは私を弁護してくれた言葉ではなかったか？

「なんで、って……」

説明しかけて、中途半端に口を閉じる。あれ？　もしかして私、今、瑛士のこと怒らせてる？

「あら、二人ともお知り合いだったの？」

新しいお冷を置きながら、お姐《ねえ》さんが聞いてきた。

「はい。私の友達です」

「友達……」

お姐《ねえ》さんは繰り返すと、なぜか確認するように瑛士を振り返った。

「友達なんで、そろそろこの酔っぱらいを回収します。お会計してもらっていいですか？」

不機嫌さを隠そうともしない瑛士の表情。さっきまではずっと笑顔を張り付けていたのに、なんで私相手だとこうなるんだ？　納得いかずに私も眉を寄せると、なぜかお姐《ねえ》さんにぶふっと噴き出されてしまった。

「今度は二人で来てくださいね。お待ちしていますー」

気が付くとお会計は済んでおり、私は瑛士にがっしりと腕を掴まれた状態で店を出ていた。

「あれ？　お会計……。瑛士が払ったの？」

「うん。とりあえず彩乃、俺の家に行こうか」

そう宣言されて歩き出す。

「なんで瑛士の家？」

「この状態で、一人で帰らせるわけにはいかないだろう？」

「私、そんなに酔ってないよ」

「うわ、出た。典型的酔っぱらいの台詞」

酔っぱらい認定をされて、ちょっとむっとした。引きずられるように歩いていた足を止めて、ここから一歩も動かない意思を込め、仁王立ちで踏ん張る。

「ちょ、彩乃」

「行かない」

「なんで」

「恋人でもない男の人のお家には行かないの」

びしっと人差し指を突き付けて、瑛士に向かって宣言する。決めポーズでカッコよく止めるはずだったのに、なぜか身体がぐらついた。真っ直ぐ立っているはずなのに、どうしてこうフラフラしちゃうんだろう。

瑛士はそんな私を見つめると、はぁと大きく息を吐いてしゃがみ込んだ。なんだかダメージを食らった顔をしている。

「それなら、俺の……なってよ」

「ん？　なあに？」

足元にしゃがみ込んでぼそぼそと言われても、よく聞き取れない。聞き返したら、瑛士は勢い良く立ち上がった。

「言っておくけど、こんな酔っぱらい状態の彩乃を一人で帰らせる訳にはいかないからな」

「そんなこと言われても」

強がって口答えをしてみたものの、私も内心まずいかなと思っていた。足だけでなく、頭もぐらぐらする。あと、妙に眠い。さすがに飲み過ぎたか。

「タクシー呼ぶ？　俺も乗るから」

「あ、いや……」

一人で電車で帰るのはまずいことは、自分でもよく分かっていた。乗った途端に爆睡して、乗り過ごす。瑛士もそれを見越してタクシーを提案したのだろうけど、同乗するってどういうことだ。ここから小一時間ほどかかる我が家に行って、そこからまた戻るということなのだろうか。瑛士にそんなことはさせられない。そうなればもう、

「ホテル」

「え？」

「ホテル行く。ビジネスホテルに泊まる」

ここは私の勤務地で、近辺になにがあるかは熟知していた。昔からの下町気質が残る街だけど、

たくさんのオフィスビルが立ち並ぶ場所でもあるのだ。ビジネスホテルが大通り沿いに何軒もあることは把握していた。

よし。そうと決めたならホテルに向かってと、おっと。

一歩踏み出した途端、よろけてしまった。転んでしまうかも、とどこか他人事《ひとごと》のように思っていたら、グイっと手を引かれて抱え込まれる。

「分かった。ホテル行こう」

耳元で瑛士の声がして、不覚にもどきりとした。ふわりと漂う、コロンの香り。体温を感じるくらいの距離で初めて知るそれは、森林浴を思わせるシダーウッドの香りだった。

これが、瑛士の匂いなのか。

確かに、これだけ近づいて初めて分かるほどさりげない。そんな控えめなところもなんだかひどく安心できて、心地よくて、またもや眠気が襲ってきた。まさかこんなところで寝る訳にもいかない。

「ほら、寝るな。ちゃんと歩いて、彩乃」

「う……ん」

雪山で遭難したのかと思われるほどに途中で意識を飛ばしながら、瑛士に抱きかかえられ、励まされてただ歩く。

そうしてふと意識が戻ると、私はベッドに腰かけていた。

希望通りのビジネスホテル。チェックイン、いつの間にかしていたんだ。

って、あれ？　どうやって？

「彩乃、ほらお水」

差し出されるペットボトルのお水をしばらく見つめ、それから差し出した本人を見上げた。

「瑛士、なんでいるの？」

瑛士の眉間にしわが寄る。

「彩乃、これから説教な」

「えー」

抗議の声を上げるけど、瑛士は構わず私の隣に腰を下ろした。

「さてと」

そう言って口火を切ったので、とっさに首をすくめて身構える。説教というからには頭ごなしに責められるのだろうか。そう思ったのにあとの言葉は発せられず、あれ？　と思った。瑛士は考えあぐねるような表情で、ただ黙って私を見つめている。

「……彩乃、なんで今日はそんなに飲んでたんだ？」

しばらくして、ぽつりと尋ねる声。

まずは状況把握から。相手の言い分をきちんと聞こうとする、その公平さはいいと思う。でも今の私にとってそれは単純に、面倒くさい問いかけだ。

「話さなきゃ、駄目？」

「駄目。そもそも酒の量もだけど、なんであの店に一人で居たんだ？」

「ユウコさんの紹介で」

「ユウコさん？」

そうか。瑛士、ユウコさんコウタさんのこと知らないのか。

「ユウコさんとコウタさんは鈴木さんの同級生で、さっきのお店のお姐《ねえ》さんはユウコさんの先輩なの」

酔っぱらっているけど、多分これで合ってるはず。私の記憶力凄い。

自分に感心して、おーと小さく叫んで拍手した。瑛士はそんな私を見て、またがっくりと肩を落とす。

「複雑なことを聞いちゃいけない状態の人に聞いてしまった」

「いや、今ので自信ついた。なんでも聞いて！　ええっと、なんで一人で飲んでたか、だよね」

なんだっけ？　ユウコさんが紹介してくれたから、はもういい。そうじゃなくって、えっと……

「もやもやしてたんだ、私」

そうそう。そう言えばそうだった。

「もやもや？」

「瑛士ができすぎてて、なんか自分が一緒にいていいのか、分からなくなった」

「自己肯定感、低くないかそれ？」

「できる人には理解できないんだよ」

ふてくされてそっぽを向いたら、とんっと瑛士の肩と私の肩が触れ合った。

「仕事ができるとかできないとか、そんなの二人でいるときに意味ないよ」

そう言って、瑛士が身体を傾けて私に寄りかかる。私も負けじと上半身を傾けた。肩から伝わる体温が心地よい。支え合うのは肩の一点のみなのにゆるぎがなくて、安定感があった。瑛士、男の人なんだな、とか当たり前のことに納得する。

「瑛士だけじゃないよ。あの部下の子も、最後はちょっとあれだったけど、いかにも仕事ができますって感じだった。できる人のキラキラオーラをずっと浴びてたら、自分がつまらない人間に思えてきて……」

「それで一人やけ酒を飲もうとしてたって訳か」

客観的に振り返ると、自分の駄目な大人っぷりにがっくりくる。

「ああああー。最低じゃない、私？」

深く息を吐いて心の中の反省部屋に潜り込もうとした途端、瑛士が笑い出した。触れ合った肩から笑いの振動が私にも伝わってくる。

「笑うことないじゃない」

「いや、彩乃らしいなと思ってさ」

「どこが？」

劣等感を酒で紛らわそうとする行為のどこが私らしいのか。瑛士の中では私はそういう評価なのか。ひど過ぎない、それ？

「違うよ。素直でいいと思ったんだ。よく見せようという計算もなくさらけ出してくれるから、俺はとっても安心する」

「安心？」

「仕事でも付き合いでも、駆け引きを仕掛けてくる人間が多いんだよ」

さらりと言ったつもりだろうけど、先ほどの光景を思い出して言葉の重みを実感した。部下の彼女、瑛士の気を引こうとして頑張ってたもんなぁ。

「私も瑛士といると安心する」

そう言って、瑛士に向かって微笑み返す。ねぎらいの気持ちを込めたはずだけど、頬に力が入らずへらっとした笑みになってしまった。

「人気者は大変だね」

彼女の努力は認めるけど、あんな圧を掛けてくる相手ばかりが周りにいたら、確かに瑛士も疲れるだろう。さっきは彼女側の立場になって同情もしたけど、やっぱり最終的に私は瑛士の味方だ。

「……ねぇ、そこにはもやもやはしてくれないの？」

寄りかかっていた肩をそっと外し、瑛士が私を見つめて聞いてきた。

「もやもや？」

もやもやならその前からしていたはず。そこって、どこの話だろう。

「本橋さんが俺に話しかけてくるの、彩乃はどんな気持ちで聞いてたのかなって」

「んー、頑張っているなぁ、と」

「それだけ？」

それだけとは？

「妬《や》いてくれたりとかは、しなかった？」

見つめ合ってからずっと、視線をそらすことができないでいる。なにかを求めているような、瑛士の瞳。今までも何度かこんな瞳で私のことを見ていたなぁと、思い出した。

そうだ。ワンコがご飯をねだる顔。

「よーしよしよし」

両手を瑛士の頭に突っ込んで、わしゃわしゃと撫でてみた。途端に止めるように手を掴まれて、そのまま指と指が絡み合う。

「答えてよ」

「えー」

諦めずに聞いてくる瑛士に根負けして、頑張って先ほどの光景を思い出す。なんとかして瑛士と二人きりで飲みたい彼女と、それをかわす瑛士。

「あれは……、無理だわ。瑛士に隙がなさすぎて、彼女は立ち入る術がない」

スポーツ解説員のような気持ちになって、うんとうなずいた。途端に瑛士が不満そうに口を尖《とが》らす。

「嫉妬はしてくれないの？」

「そんなこと言われても……。第一、嫉妬って友達間でも起こるものなの？」

「するだろ？　彩乃は自分の目の前で俺が他の女の子と飲みに行ってしまっても、いいんだ」

「いやだから、瑛士に隙がなさすぎるんだって」

あんな美人が誘っているのに、にこやかに、かつ、はっきりと断るって凄いよね。

なんて思いながら瑛士を眺めたら、ふいに真面目な表情に切り替わった。

「彩乃は、俺と違って隙だらけだよね」

「へぇ？」

ぐるんと景色が回って、天井が目に映った。ベッドが弾んで、自分が倒れ込んだことを理解する。

「彩乃、分かっていないみたいだけど、俺たちさっきからずっとホテルの一室でくっつき合って喋ってる」

「うん」

「これがどういう状況か、分かる？」

分かる？　って、……あれ？

片方の手はつながれたまま、もう片方の手は腰に回されて、気が付けば抱きしめられていた。瑛士の顔が近づいて、天井が見えなくなる。

「彩乃にとって、友達ってなに？」

あともう少しで鼻と鼻が触れ合う距離で、囁かれる。

「友達なら、誰でもここまで許すの？」

「そんなことない」

反射的に断言して、そして混乱した。誰にでも許す訳なんて、ないに決まっている。でもそうすると、瑛士は特別だって言っているのと同じだ。

「瑛士は特別な……」

「なに？」

「友達、とか」

「なんだよ、それ」

怒ったような口調なのに、つないだ手も腰に回った腕もひどく優しい。

「ねえ、彩乃」

じっと私の目を見つめ、囁くように呼び掛けてから、瑛士の唇が私のおでこにそっと触れた。

「これを許すのは、友達だから？」

そう尋ね、私が抵抗しないことを確認し、今度は目じりに、頬に、口付ける。その感触が心地よくて、私は深く静かに息を吐いた。

分かっている。今の私たちは単なる友達から大きく逸脱した行為に及んでいる。けれど、自分の中にどうしても踏みとどまってしまう壁がある。

「だって、友達じゃないと、……続かない」

「続かないって」

「せっかくできた瑛士との関係を、壊したくないの」

瑛士のシダーウッドの香りに包まれていれば、昔嗅いでいた匂いはもう思い出せない。それなのに過去に受けた失恋の傷が、不安となって足元をグラグラと揺らしていく。今だけではない、瑛士

と一緒にいることに喜びを感じた後は、いつも揺り戻すように不安が沸き起こっていた。だから、

——人に無闇になにかを強請《ねだ》ってはいけないし、そう思わせるような言動もしてはいけない。

それは人に対してだけでなく、自分に対しても有効だ。これ以上の関係を自分の心に望んでしまうことをしてはいけない。私は、瑛士と友達でいることに固執する。瑛士との関係が壊れてしまうことに、怯えてるんだ。

混乱していた自分の気持ちをそんなふうに整理して、ぎゅっと目をつむって心の疼《うず》きをやり過ごす。

「……わかった。なんとなくだけど」

低くて深い声が耳元で響いて、抱きしめられた。

「今はいいよ、それで。俺も、酔っぱらいを口説く趣味はないし」

また酔っぱらいって言った！

「酔ってない」

「はいはい」

おざなりな返答をして、瑛士がくすりと小さく笑う。全部耳元で響くから、体の芯がぞくりと震える心地がした。

「あのさ」

私の髪の毛を指で梳《と》かしながら、瑛士がそっと聞いてくる。

「彩乃が男と別れたのは、どのくらい前？」

「三年、前」

なんでそんなことを聞くんだろう？　疑問に思って目を開けると、途端に瑛士の視線に絡めとられた。

「その後、他の人とはなにもなかったの？」

「なにも……？」

「こういうことは、しなかった？」

その言葉と共に、耳たぶを齧られる。

「あっ」

思わず声が出て、頬が一気に熱くなった。まさかこんな声を出してしまうなんて。不意打ちすぎる。

「自分で慰《なぐさ》めていただけ？」

「や、あ、知らないっ」

囁く声がやたらに艶めいて、頭の中に入り込んでくる。これはあれだ、耳元で話すからだ。こんな、なんで……、なんで声だけで気持ちよくなってくるの。

「さっき、なんでも聞いてって言ってたよね。教えてよ、彩乃」

「や、あん……！」

教えろと言うくせに瑛士の手は私の体をなぞり上げ、お陰で上ずった声しか出せなくなる。髪を梳かしていた指はうなじをたどり、腰に回していた手は下に降りてお尻の丸みを確かめるように撫でていた。そしてまた唇が耳たぶを甘噛みしていく。瑛士の動き全てが、私の気持ちよさを引き出そうとしているみたいだ。

「気持ちいい？」

余裕を感じるその問い掛けに反発心が沸き起こって、睨みつける。そんな私をくすりと笑って受け流し、瑛士がまたぎゅっと抱きしめてきた。

「彩乃、反応がいちいち初心《うぶ》者っぽいんだけど。もしかして、元カレしか知らない？」

経験値という階段の遥かに高いところから見下ろされているみたいで、むっとした。

ええそうですよ。私は元カレしか知りませんよ。二十代後半で初めて付き合った男の人が二歳年下で、恋に浮かれて結婚まで考えていたのに、派遣社員の任期が切れたと同時に男にも切られての大失恋ですよ。人生初の大恋愛で初体験だってそいつとだったのに、そんなすぐに気持ちを切り替えるとかできないからうだうだしてたら、気がついたら三十路を越してしまったのが私の現状。でもそんなこと、口になんて出したくない。

「黙秘です！」

「ごめん、悪かった。俺が無神経だった」

抱きしめたままあやすように、背中をぽんぽんと撫でてくる。そして頬と頬をすり合わせると、また耳元で囁かれた。

「気持ちよくさせたいんだ。最後まではしないから、俺に任せてくれる？」

「なん、で？」

「……男だから、かな。酔って判断力を失っている彩乃の心に付け込む気はないけど、なにもしないで平気でいられるほど、清廉潔白《せいれんけっぱく》ではないんだよ」

わざと茶化したような言い方。それに抗議しようと身じろぎをしたら、瑛士の抱きしめる腕の力が強まった。

「彩乃の気持ちよくなっていく顔を見せて」

そんな言葉と共に私の顔を覗き込む。真剣な瞳にあてられて、私はただ黙って見つめ返すしかなかった。

「彩乃は、可愛い」

「はい？」

「人に対して、いつも真っ直ぐに向き合おうとしてる」

「ど、どうしたの、突然」

「気負わない優しさも良い」

「瑛士、酔ってる？」

「酔っていない。せっかくの機会だし、言ってみようかと思って」

せっかくの機会って、なんだそれは？　と突っ込もうと思って気が付いた。

もしかしてこれ、瑛士と比べてつい卑下《ひげ》してしまった私のことを、慰めてくれてるのかな。

「ありがとう、瑛士」

感謝の心を込めてそう返す。するとなぜかくすくすと笑いだされてしまった。

「彩乃、簡単になびき過ぎだよ。言ったよね、俺は清廉潔白じゃないって。今のだって、彩乃をその気にさせるためだけに言ったのかもしれないよ」

「……いいよ、それでも」

こうして警告してくれるのも、瑛士の優しさだって分かるから。

「瑛士になら、なにされてもいいよ」

そう覚悟を決めると、私からもきゅっと瑛士を抱きしめた。

「……明日、酒が抜けてから、今夜のことを聞くからな」

「んー？　なぁに？」

私の首元に顔を埋め、低くつぶやく瑛士の声がくぐもっていて、良く聞こえない。聞き返したけどそれには答えてくれず、ゆっくりと体を起こされた。お互いに向き合って、見つめ合う。瑛士の顔が近づいたから私は目をつむり、次に起こることを待っている。そして唇に柔らかい感触がして、心地よさが体全体に広がった。

「ん……」

思わず吐息が漏れてしまうけど、もうろたえない。瑛士はついばむような口付けを繰り返しながら、片方の手の指を絡めてきた。私の手よりも大きくて、少し骨ばっている瑛士の手。こんな些細なところでも男の人だなぁと思いドキドキする。自分ではあれだけ酔っぱらいであることを否定してきたはずなのに、鼓動が速まれば体内のお酒も回るのか、どんどんふわふわしてきた。

瑛士の手、気持ちいい。

絡められた指だけじゃない、もう片方の手も動きだして体のラインをなぞられる。決して急ぐことのない、ゆったりとした手の動き。私の反応を探るように、優しく触れてくる。

「服、しわになっちゃうな。脱ごうか」

ふと気付いたようにそう言われ、こくりとうなずく。カーディガンを脱いでブラウスのボタンに手をかけたら、なぜか瑛士に首を振られてしまった。

「こういうのは、俺の役目」

「なにそれ」

くすくす笑って瑛士の好きなようにさせる。ボタンを外す指の動きがとても丁寧で、それだけで自分が大切に扱われていることがよく分かった。さすがに脱いだ服をきちんと畳むことはしなかったけど、床に放り投げるなんてことはせずに、椅子の背もたれにふわりとかけてくれる。

されるがままというのもなんだか申し訳ない気持ちになり、瑛士の手が届く前にブラジャーのホックは自分で外した。一応、瑛士だけじゃない、私だってその気になっているんですよ、という意思表示というか。

口に出すには恥ずかしい、そんな些細な私の気持ちを汲み取ったのか、瑛士が無言のまま微笑んだ。ゆっくりと肩ひもが外されて、私の胸があらわになる。

「寒くない？」

「大丈夫」

短い言葉の応酬。恥ずかしさからどうしてもそっけなくなる。瑛士は特に気にすることもなく、次はスカートを脱がせ始めた。そのままタイツ、ショーツと行程が進んでいくので一瞬うろたえる。ショーツに手をかけられたときに、反射的にその手を握って止めてしまった。

「どうしたの」

「え、いや、初っ端《ぱな》から全裸というのが……」

目を合わせられなくて、そっぽを向きながら抗議する。

「でも、汚れちゃうよ」

もっともなことを言われて黙り込んだ。勢いでホテルに来てしまったのだ、もちろん替えの下着なんて用意していない。脱ぐとしたら、一番ダメージが少ない今だろう。けど、こういうところでなんというか、経験値の差というものを感じてしまうんだなぁって。

「瑛士も脱いでよ」

「脱がせてくれないの？」

こういうところ！

叫びだしたい気持ちを抑えたら、その分鼓動が速まった。これはもう、瑛士が悪い。慣れた態度もそうなんだけど、声とか目つきとかちょっとした仕草とか、やたら色気があるのはなんで？

脱いでと言ったくせに彼の裸を直視することもできず、視線を外してぼんやりと椅子にかけられた服を見る。瑛士の服もそこにばさりとかけられた。自分の服のときは、扱いが少し雑になるんだ。そんな些細なことに気付くたび、自分の頬が、耳たぶが熱を持つ。

「彩乃」

優しく呼びかけられて背後から抱きしめられた。直視しようとはしない私に気を遣ってか、自分の裸体は私の目には入らないように、あえて視界の外から回り込んでくる。

「ああ、もうっ」

自分の中の恥ずかしさというのか、照れがピークに達して手で顔を覆って縮こまる。そんな私の反応をくすくすと笑いながら、瑛士が首筋を唇で触れてきた。

「彩乃は、可愛い」

「やっ、あん」

背後から耳元で囁かれ、ぞくんとする。身じろいだら、その隙に両手で乳房を覆われた。

「柔らかくて、気持ちいい……」

ため息交じりの感想。低く響く男の声。この後に続くであろう刺激を、自然と体が待ち構える。

ちゅっとうなじに口付けてから、瑛士の手がやわやわと私の乳房を揉みだした。

「っん、ん……」

力を掛けず、あくまでも優しく、肌に刺激を伝える動き。久し振りにこういったことをする私を気遣ってなのだろう。無意識に力んでいた体の力が抜けてゆく。そして瑛士の手のひらから伝わる体温に、私の体が温まる。マッサージ、されているみたい。次第に縮こまっていた背筋が伸びていき、瑛士の胸に私の背中をぺたりと付ける。人の肌と触れ合う感触が、気持ちいい。

瑛士は私の反応を確かめながら、耳たぶを甘噛みしてきた。体への刺激がまたひとつ追加される。

「ふぅ、っうん……」

肌の感触が気持ちよくて背中を揺らしていたはずなのに、次第に腰が揺れてくる。体が温まるにつれて、もう少し強い刺激が欲しくなっていた。そう思うのと同じタイミングで、揉む力が強くなる。そして親指がゆっくり何度も乳輪をなぞってきた。嫌でもその中央にある先端が意識され、まだ触られていないのに次第に勃ち上がってくるのが分かってしまう。

触って、欲しい。もっと明確な刺激が欲しい。

伸びをするように背中をそらし、甘噛みを続ける瑛士にぐいぐいとこめかみを押し付けた。

「なあに、彩乃？」

耳たぶから唇を離し、息を吹きかけるように瑛士が囁く。その間も手は止まらないのに、欲しい刺激は与えてくれない。

「ん、……や、瑛士」

「ん？」

「もっと……」

言葉を濁したままのお願いだったけれど、瑛士にはお見通しだったみたいだ。ふっと吐息だけで笑ってから、乳首を摘まれる。

「これ？」

「あんっ」

びくんと体がはじける。

「焦らした甲斐があったね。ぷっくりして張りがある。ずっと弄《いじ》っていたくなるな」

「や、引っ張らないで」

「じゃあ、すりつぶすのは？」

「あ、ああーっ」

背後から瑛士の吐息を聞きながら、胸への悪戯《いたずら》に翻弄される。瑛士の指は私の乳首をくにくにとすり潰したかと思うと、ぴんと弾いてまた別の刺激を与えた。少し意地悪なくらいの快楽に、私は嬌声《きょうせい》をあげ続けてしまう。

なにこれ、胸を弄られるだけでこんな風になっちゃうの？

さっきまでのゆったりとした刺激が嘘のようだ。まるでジェットコースターに乗ったようだった。最初はゆっくり上っていくのに、最初の地点を通過したら、あとはものすごい勢いで刺激に振り回されていく。

そして胸へ刺激を与えられているだけなのに、私の下半身もどんどん鋭敏《えいびん》になっていった。合わせ目が濡れて、その中心が疼いている。それが切なくなって、胸を突き出すように背を反らせ、脚をもじもじと擦り合わせた。瑛士が手を止め、起き上がる。

「そろそろ、慣れた？」

そう言って回り込み、私に覆いかぶさった。目に飛び込むのは、瑛士の上半身。確かにもう、目をそらすことなく見ていられる。……下半身に関しては、まだちょっと目のやり場に困るけど。

瑛士はさらに安心させるように私を抱き込んだ。今まで背中で感じていた肌を、今度は胸で受け止める。

「……瑛士の肌、気持ちいい」

「彩乃の肌も」

しばらく抱き合ったまま、無言でその感触を堪能する。それからゆっくりと体を離すと、瑛士が正面から乳房を揉みしだいた。

「ああ」

絶え間なく息が漏れる。どんどん高まる快感をどうしていいか分からずに首を振ると、瑛士の顔が私の胸に近づいた。

「きれいな色。美味しそうだ」

「あ……」

そっと先端に口付けられて、それから咥《くわ》えられた。唇で固定して、舌で弾かれる。その刺激に、腰が跳ねた。

「あっ、……あん、やっ！」

意味をなさない言葉が次々とこぼれ出る。瑛士は空いている方の乳房に手を伸ばすと、先端を弄りだした。舌と指で両胸を刺激される。そのあまりの快楽に、ぐるぐると目が回る思いがした。

失恋以降、誰かと体を触れ合わせるなんて考えもしなかった。三年ぶりの体験だけど、こんなに気持ちいいものだったっけ？

混乱のまま瑛士を見ると、途端に目が合い微笑まれる。その瞬間、納得してしまった。

この人は、私を気持ちよくさせることに集中しているんだ。

自分が気持ちよくなるための準備として私の体を弄っているのではなく、私がどうすれば気持ちよくなれるのかそれだけを考えて触れている。

「瑛士、気持ちいい」

「よかった。もっと気持ちよくなって」

なんでそんな当たり前のように言えるのだろう。

最後までしないとか、私のことを気持ちよくさせたいとか、それで瑛士は満足なのかな。私の知っているセックスは、結局は互いの性欲を解消させるためだけのものだった。あのときは愛があるって思っていたけれど。

こんな風に丁寧に扱われたこと、あったっけ……？

「あーやーの」

「え？」

「今、なにか違うこと考えていなかった？」

「え、ええ？」

思わずギクッとして目をそらしてしまった。そして次の瞬間、後悔する。これでは「はい。考えていました」って言っているようなものだ。

「俺の頑張りが、足りなかったかな」

「そんなことない！」

慌てて首を振って否定する。

「瑛士がとても丁寧に扱ってくれるから、なんでだろうって思っていたの。こんな気持ちいいの、初めて」

そう言って手を伸ばし、瑛士の頭を両手で抱えてつむじに口付ける。

「……彩乃の昔の男がろくでもないのは、よく分かった」

抱えた頭から低い声が聞こえてびくりとした。

「なんで？」

今の会話だけでどうしてそれが分かってしまうんだ？　確かにろくでもない男だったけど、そんなに分かりやすかったかな。

さらに動揺していたら、瑛士が顔を上げて私を見つめた。

「全部上書きさせるから、今は俺だけを見てくれる？」

「……うん」

どうしよう。なんか、嬉しい。顔がどんどん火照《ほて》ってきてしまう。

すっかり瑛士の言動に揺さぶられ、ふわふわとした気分でいたところ、瑛士が私のおへそに唇で触れた。

「あ」

不意打ちだったのでびくりと体が震えた。さらに彼の指が私の合わせ目にするりと入ってきて、水音が耳に響く。

「濡れているね」

満足そうな、瑛士の声。肯定するのも恥ずかしいので、黙っている。瑛士はおへそから始まってお腹や下乳などいたるところに唇を這わせながら、それでも指は止まることなくぬかるみをかき混ぜた。

「んっ……、う」

指が入り口をなぞるたび、ひくひくと反応する。そしてその上で張りつめている、花芯。胸と同様に焦らしているのか、瑛士はそれに触れることなく入り口とその横のひだを弄り続ける。そして指が一本、つぷりと入っていった。

「あっ」

指の出し入れと共にくぷくぷと水音が聞こえるのが恥ずかしい。一気に体温が上昇し、身もだえする。すると、かりっという感触が胸の先端で起こった。瑛士に乳首を噛まれている。

「あんっ、あんっ！」

指の出し入れと、胸への刺激。この同時進行に、次第に体が上り詰めていく。背中が弓なりになって、腰は恥骨を突き出すような格好になって、指だというのに自然と受け入れやすい姿勢をとっていた。

「指でイケる、彩乃？」

瑛士になにか聞かれたけど、もう理解することができない。自分が大きな風船になって張りつめていくような、そんな感覚に捕らわれていた。指は二本に増やされて、さらに速度を増していた。

リズミカルな動きにただ集中する。あともう少し、あともう少しで……！

そのとき、ぷくりと張りつめた花芯に瑛士の手のひらが触れ、その刺激に一気に快楽がはじけた。

「あ、あああーっ」

大きく息を吸い、悲鳴のような喘ぎ声と共に吐き出される息。

「……イったね、彩乃」

確認する瑛士の表情が満足げだ。そんな彼を抱きしめていたかったけど、解放感と共に張りつめていた気が緩んだらしい。ずっと否定していた酔いがここにきて一気に回った。

「瑛士……」

泥のような眠気に襲われて、意識を手放した——

◇◇◇◇◇

ピピピピピピピピ
電子音が鳴り続け、次第に私の意識が浮上した。

スマホの目覚ましアラーム？

いつもの音とは違うことに違和感を覚えながら、枕元を探る。糊《のり》のきいたシーツの肌触り。そういえば、枕もいつものと違っている。

「……え？」

アラーム音はベッドのヘッドボードに設置されている時計からで、時刻は五時を指していた。

ちょっと待って、それって朝の？　夕方の？　どっち？　部屋が暗くて分からない。

アラームを止めたついでに近くのスイッチを押すと、テーブルライトが点いた。その明かりを頼りに上半身だけ起き上がって、動きを止める。この部屋、ホテル、だよね。

とっさに自分の格好を見ると、ルームウェアを着ていた。男女兼用の素っ気ないデザイン。そして部屋のつくりから、ホテルの種類がビジネスなことにほっとする。

えーっと、ちょっと待って。状況をまずは整理しようか。

平常心を保つために深呼吸をしていたら、ガチャッとノブを回す音がして、ドアを開けて誰かが入ってきた。

「ひっ」

「おはよう、彩乃」

そんな挨拶と共に、部屋の電気がつく。

「瑛士……。あの、これって……？」

遠慮なく部屋に入りベッドに腰かける瑛士を見つめて、恐る恐る聞いてみた。ジョギング帰りのような、ランニングウェアに身を包み外から入ってきた瑛士と、目覚まし時計に叩き起こされた私。

ちょっと待って、いったい昨夜はなにがあったの？

「水、いる？」

うろたえている私を観察するように眺めながら、瑛士が冷蔵庫からペットボトルのお水を取り出し差し出してくれる。

「あ、ありがとう」

受け取ったら、早く飲めと言わんばかりに見つめられた。なんか、圧が凄いんですけど。

確かに寝起きで喉はカラカラだったので、ありがたくいただいて一気に飲む。半分ほど飲んで、体に水が浸み込むのを実感したところで、ようやく瑛士が口を開いた。

「なにも状況が分かりませんって顔してるけど、単純に寝ぼけてるだけ？　記憶ある？」

「記憶」

繰り返して、まだろくに働かない頭をフル回転させて、昨日の出来事をたどっていった。

「えーっと、……昨日は水曜日で、定時で上がったからたまには一人で角打ちに寄ろうかなと思ったら瑛士がいて、そこからユウコさん紹介の小料理屋に行って一人で飲んでたらまた瑛士が現れて、なんかそこから飲み過ぎて、えーっと、あ、そうだ、飲み過ぎたから送るって言われたけどそれじゃ悪いからってビジネスホテルに泊まったんだ」

少しずつ思い出していくうちに、だんだんと頭がはっきりしていく。

「覚えてるのは、そこまで？」

「あー、そうかも。ホテル、自分で取った記憶がないんだけど、ここに泊ってるってことは自分で部屋取ったんだよね……？」

窺うように瑛士を見たら、はーって思い切りため息をつかれてしまった。え？　なに？　なんか私、やらかした？

「やっぱり記憶飛んでる系か。そんな気はしたけど……」

「あの、瑛士さーん。私なにやらかしましたかね？　絡み酒？　それとも吐いた？」

瑛士の肩ががっくりと落ちて、なんだかちょっと落ち込んで見える。私はこの人にどんなご迷惑をお掛けしたんだろう？　ドキドキしながら見つめていたら、またもう一度息を吐き、それからこちらをキッと睨みつけながら説明をしてくれた。

「彩乃が酔っぱらって寝てしまったから、このホテルを取ったのは、俺。一応二人でチェックインしたけど、俺はその後自宅に帰ったから。このまま出社するのはまずいだろうから、彩乃が一度家に戻ってから出社できるように、朝五時にアラームをセットしておいて、そろそろ起きた頃かと思って戻ってきたのが、今」

「そんなことが……！」

申し訳なさ過ぎて、震えてくる。

「とりあえず、シャワー浴びて仕度したほうが良くない？　彩乃、化粧落とさず爆睡してたぞ」

「えーっ！」

ってことは今化粧が中途半端に残った状態で、しかも寝起きってこと？　そんな姿を瑛士にさらしていたのか。ちょっとひどすぎる。

「ごめん。すぐに仕度するから」

「彩乃の服、その椅子に掛けてある」

「ありがとう！」

そこから猛スピードでシャワーを浴び、服を着てホテルを出た。時刻は五時半過ぎ。これなら余裕で家に帰って着替えて何食わぬ顔で出社できる。

「瑛士、ごめんね。本当に助かりました」

駅まで送ってもらう流れになり、その道すがら、ひたすら感謝と謝罪の言葉を述べていた。

「いやいいよ」

そう答える瑛士の声がなんとなく暗い。これはやっぱり、やっちゃっていたか、私？　記憶がないって、恐ろしい。いったいどんなやらかしをしたんだ。

気が咎めたままの緊張を抱えながら、駅にようやくたどり着く。

「あの、本当にありがとね。それじゃあ」

そう言って手を振って別れようとしたら、それまで言葉少なげだった瑛士に呼び止められた。

「明後日」

「え？」

「明後日の土曜日は、写真展に行く約束だから。忘れないでね」

「忘れてないよ。じゃあ、明後日ね」

そうして電車に乗り込んだ。

早朝の通勤電車はまだ空いていて、私は座席に座ると目をつむる。こんな早くから起きて活動していたら、午後にはすっかり眠くなってしまうだろう。

何時にチェックインして寝たのか覚えていないけど、昨夜の睡眠の質はよかったみたいだ。妙に体もすっきりしている。なんかストレスが軽減しているというか。

それに反して瑛士は落ち込んでいたというか、憮然《ぶぜん》とした表情だったな。絡み酒、やっちゃったのかもしれないなぁ。

そんなことを考えながらうつらうつらしていたら、ふわりと瑛士の匂いがした。シダーウッドの深い森の香り。自分からも微かに匂うのは、服に匂いが移ったからなのかもしれない。

……あれ、でもなんで？

あと、なんでこの匂いが瑛士のだって分かるんだ？

疑問は浮かんだけど、ウトウトしているうちにどうでもよくなってしまった。

それよりも明後日までに、瑛士にお詫びのお菓子でも買っておこう……

第四章

「本っ当に、申し訳ありませんでした！」

あれから三日後、土曜日に瑛士と会って私がしたのは、まず謝ることだった。

「なにこれ？」

いつもと変わらない態度の瑛士がそう言いながら、笑って私を見ている。ああよかった。怒ってはいないのか。

私の記憶がすっぽり抜け落ちているせいで、別れ際の瑛士の態度が暗かったのが気にかかっていた。いったいなにをやらかしたんだ私は、と思っていたけれど、そんなに引きずることではなかったのかもしれない。

とはいえ、迷惑かけたことは事実。私は手土産のお菓子と封筒を、そっと瑛士に差し出した。

「なにこれ？」

二度目の疑問に、返答する。

「お詫びのお菓子と、封筒のお金は先日の飲み代とホテル代。瑛士に払ってもらってたんだよね、本当に申し訳ないです」

「そんなの、よかったのに」

「いやいや、よくなくないよ」

誕プレ商品券事件という過去を抱えている身としては、こういったことをなあなあで済ますことはできない。きっぱりと言いきると、瑛士は軽く肩をすくめて受け取ってくれた。私が引かないことは分かっているのだろう。

「それじゃあ、行こうか」

そう言って、二人で歩き出す。

先週までは、マフラーで首を覆えばぎりぎりコートはいらないくらいの気温を保っていたけど、今日はとても冬らしい、どんよりと曇って底冷えのする日だった。もう来週は十二月だもんね。ショーウインドウの飾りもクリスマス一色だ。

「寒いね」

「朝、雨も降ってたしな」

「うん。止んでよかったよ」

無意識のうちに手をこすり合わせる。さすがに手袋はまだ早いかな、とか思っていたんだけど、やはりしてきた方がよかったか。

「本当に寒そうだ」

「身体がまだ寒さに慣れてないんだよね、きっと」

そんなことを言いながら、街を散策する。写真展の入場は予約制で、瑛士が夕方前で予約を入れてくれていた。それまでは、ただのんびりと時間を過ごす。

そして写真展。なんの予備知識もなく観たその作品たちはとても興味深いものだった。

展示の前半はモノクロ写真。外国の街並みや、そこで生きる人々の日常が写し出されている。

アーティストの切り取る場面はどこか物語性やざらりと引っかかる部分があって、素人の私が撮る写真とは違っていてさすがだと思った。

展示の後半は、先ほどまでとは一転してカラー写真が並ぶ。

同じ街並みをカラーでも写していて、一見すると別の世界のようなのに、目が慣れてくると、どちらもやはり同じ世界だというのが分かる。同じ場所を写していても場面の切り取り方とか構図でだいぶ違う印象を受けるのは、写真にアーティストの個性のようなものが滲《にじ》み出ているからなのかな。彼が活躍した時代が半世紀ほど前ということもあって、風景もちょっとレトロな雰囲気で、とても温かい感じがした。特にそう感じさせたのは、一枚の写真。

雨で滲む石造りの街の中、赤い傘とその下から見えるレインコートと長靴を履いた女性の後ろ姿。

曇天のせいで街はまるでモノクロームの世界のようなのに、鮮やかな赤色がそこを彩りあるものに変えている。

「この写真、いいね。好きだ」

思わずつぶやいたら、隣から声がした。

「うん。彩乃が好きそう」

「うわ、嗜好《しこう》がバレてる」

「そりゃあね」

見上げると、瑛士の顔がなぜか得意げだった。

「さすがに最近これだけ一緒に遊んでいれば、分かっちゃうか」

ふふっと笑って納得する。下手すれば単純と言われているのと同じなのに、瑛士だから分かってもらえて嬉しいなって思ってしまうのが不思議だ。

でも、逆はどうなんだろ？

ふとその考えが浮かんで、笑みが固まった。

「……私、どれだけ瑛士のことを分かっているか、分かんないや。気に入りそうな作品をこの中から選べと言われても、自信ない」

「そこ、弱気になるんだ」

面白そうに笑いを抑えた声。でもこういうのって、なかなか強気にはなれないよね。

「二択なら、彩乃は選べると思うよ。例えば向こうに掛かっていたモノクロームの森の風景と、そこにあるカフェのカラー写真。どっちが俺の好みでしょう？」

尋ねられて、両方を見比べてみる。

モノクロームの森は木漏《こも》れ日がキラキラと差し込み、光の陰影だけで緑の鮮やかさを表現する、心地よい写真となっていた。一方のカフェは薄暗い店内からコーヒーカップと窓越しに色とりどりの街並みが見える、カフェというよりお洒落感漂う都会の風景。

どちらもなにか物語の一場面を切り取ったような雰囲気があり、写真の中に入り込めそうな気にさせてくれる。

でも、瑛士が選ぶ世界なら——

「森の方」

きっぱりと言い切った。あの木漏れ日の下で、森を見回している瑛士の姿がすんなりと想像できる。

一応確かめるために瑛士の様子を窺ったら、満足そうにうなずかれた。

「当たり。でもね、俺がそっちを選ぶだろうっていう人は、少ない」

「そうなの？」

驚いて、もう一度写真を見比べてしまう。

あー、でも言われてみれば確かに、今の世慣れたイケメンの瑛士には都会の雰囲気がよく合っている。

仕事中の瑛士にうっかり出くわし、彼のできるオーラに軽く落ち込んだのはつい三日前のことだ。記憶だって生々しい。確かにあの瑛士に森の空気感はなかった。

いやむしろ、今この横にいる姿だって、森よりカフェの方が合っているのか。あれ？

「人は見た目に左右されるから。カフェの方が好きそうだって、そういうイメージでみんな俺に接してくる。俺もそれに馴れていたから、勘違いされてもわざわざ人に訂正を求めないし」

「そうか」

「だから俺にとって、こっちの俺を知ってくれている彩乃は新鮮だし貴重な存在なんだ」

そう言って微笑む瑛士に、私は慌てて手を振った。

「どっちもきっと瑛士なんだよ」

どちらかを選んで選ばない方を否定するのは違うような気がして、そう反論してみた。

「だって、カフェの写真だって瑛士は好きでしょう？　どっちか選べって言われたら森かもしれないけど」

有名画家の絵画展とかと違ってそれほど人の出入りが激しくない写真展。それでも私たち以外のお客さんはいる訳で、極力小さな声で伝えようとするからどうしても耳元に近づいて話すことになってしまう。瑛士もつられて首を傾けて聞いている。なんだか秘密の話を耳打ちしているみたいだ。

「私は人よりちょっと多く、森を選ぶ方の瑛士と接しているだけ。だから、どっちの瑛士も瑛士だよ」

「……どちらか片方じゃなくて、どっちも、なんだな」

なぜか瑛士は不意打ちを食らったような表情をして、それから満足そうな表情に変わった。

「それなら、さ」

すっと耳元に近寄られ、囁き返される。瑛士の低音の声が鼓膜を通して体に響き、反射的にびくりとした。

「もう一方の俺とも、彩乃、もっと接してよ」

え？　と思う間もなく、肩を抱かれた。そのまま体を寄せるから、私の頭がこてんと瑛士の首元に傾き、まるで恋人同士が寄り添って作品を観ているようになる。

距離感ゼロのところにふわりと香る、男性用コロン。シダーウッドの、爽やかだけど深みがあって微かに甘い香り。それはまるで、モノクロームの森の中に色を落とし込むようなイメージで。

安心できる、瑛士の匂い。

そんな認識と共に、なにか心がざわついた。頭が何かを考える前に、勝手に頬が上気する。

「そろそろ俺の匂い、覚えた？」

「へっ？」

慌てて声を飲み込んでいると、一瞬のうちに体が離れていく。あれ？　これって先月話していた香りのリベンジ？

見上げると、笑いを堪えるように口元に手をやった瑛士がこちらを見返していた。

「……！」

からかわれたーっ！　と叫びたいのをぐっと抑える。

いやいやちょっと、ただの友達なのにいきなりそこでイケメン出してくるの、卑怯でしょ。こんな場所でからかうって、ひどくないか？

色々と文句を言いたかったけど、ここで騒ぐ訳にもいかず無言で耐える。ああもう、なんか悔しいな。すっごい、してやられた感。油断していたわ。

その後はお互いに黙ったまま作品を観て、終わったらミュージアムショップで買い物をした。

私が気に入った赤い傘をさした女性の写真は、やはりアーティストの代表作品の一つだったらしい。ポストカードとクリアファイルになっていたので、クリアファイルの方を一つ購入。昔はポストカードを買って集めていたけど、あれも集まると結構かさばるのよね。かといって、クリアファイルもなにに使うという訳でもないんだけど。

「堪能した？」

「した、した。予備知識がないからかえって面白かった」

写真展の会場から出る頃にはすっかり気持ちも落ち着いて、普通に戻っていた。私の上気した頬もとっくに冷めている。

「ではご飯に行きますか。はい」

「はい」

瑛士が左手を差し出したので、つい右手をその上に重ねてしまった。犬にお代わりを教えるみたいなノリだな、とぼんやり思ったところで、きゅっと握られる。

「へっ？」

指と指が絡む。瑛士の左手に私の右手がすっぽりと包まれると、そのまま彼のコートのポケットへと入ってしまった。

え？　なんで？　どうして？

「やっぱり。指が冷たい」

眉を寄せ、難しい顔でそうつぶやくと、瑛士は当たり前のように歩き出した。

「え、あの、瑛士、これ」

「帰りは、左手を温めるから。あと今日はなんか温かいもの食べよう。俺、鍋とかが良いな」

「あー、鍋。美味しい季節になったよね、うん」

混乱してうなずきながら鍋についての個人的見解なんかを口にして、それでも意識はポケットの中の右手に集中していた。

距離。私たちの間に存在していた距離はどこに？

取り繕《つくろ》うこともできずに動揺する私をなだめるように、時折瑛士の指が私の甲をさわりと撫でて、そしてまたきゅっと握り直される。それがなんだかとても大切に扱われているみたいで、そのたびに私の鼓動が速くなる。

まずい、私、このままだと不整脈で死んじゃうかも。

でも、瑛士の手は温かくてポケットの中はとても心地よくて、私はそこから手を引くことができない。

そして瑛士は宣言通り、ご飯を食べた帰り道でも手を温めてくれた。

「はい、左手出して」

「え、え」

どうしていいか分からずうろたえているくせに、気が付くと言われた通り素直に左手を差し出している。

そんな私を瑛士は目を細めて眺めると、指を絡めて大切そうにポケットにしまい込んだ。その表情が、なんかとても、満足そうだ。

え、私、そんなに指先冷たいですかね。鍋食べて、結構身体は温まってると思うんですよ。女子って冷え性とかいうけど、自分じゃそこまで冷えていないと思っているし。ねえ、瑛士。

……心臓がもたないです。

結局私たちは、表面上は当たり前の顔をして、でもポケットの中では指を絡めて手をつないで、別れるまでそれを離さなかった。

瑛士の意図が分からないまま、私はそれ以上考えることもなく日々を過ごしていた。

いや、正確に言うと、考えたくなかったのかも。瑛士の態度が変化したのはあの酔っぱらい事件以降で、ということは、私がなにかをやらかした可能性が高い。

酔って記憶をなくすというのも十分駄目な大人な訳だけれど、さらにそこから目を背け、いつもと変わらない態度で表面を取り繕っている。なんとなく触れてはいけない気がしていた。触れたら、今までの関係が崩れてしまうような……

駄目で臆病な大人だな、私。

◇◇◇◇◇

翌週の金曜日、私はいつものように角打ちを訪れていた。

「どうもー。今日は寒おろしのいいのが入ってますよ」

十二月に入り、さすがに店内のディスプレイは世間同様クリスマス仕様になっていた。目立つところに置いてある商品もシャンパンや赤ワインなど、パーティーを意識したラインナップになっている。それにも関わらず、鈴木さんは早速本日のお勧めの一本を掲げてみせてくれた。

「じゃあそれ、もらおうかな」

「今日はどこ行くか決めてます？」

「まだでーす」

というか、この後瑛士と二人でご飯食べに行くというのが、鈴木さんにとっても当たり前になってるんだな。習慣って凄い。

そんなことを思っていたら自動ドアが開き、瑛士が入ってきた。

「こんばんは」

いつも通りの彼の姿。私もいつも通りに片手を上げて、軽く挨拶する。いつも通り。そう、いつも通り。

先週の手つなぎをふとした折に思い返し、仕事中にぼうっとしてしまった自分のことを忘れたい。

瑛士は友達、とか言って自分の心を諫《いさ》めているのに、今だって気が付けば自分の口元がふにふにと緩んでしまっている。

笑顔？　瑛士の姿を見ただけで、笑顔になるのか私？

慌てて酒を飲んで、口元を隠す。

「ああ、大浦さん」

「お勧めありますか？」

「日本酒の？　それともお店の？」

「どちらも」

流れるような会話に口元だけじゃない、思わず笑いが浮かんで噴き出してしまった。お陰で少し、気が楽になったかも。

「先日は本当に助かりました。ありがとうございます」

「いやいや、お酒を買っていただけたし、こちらこそありがとうございます」

角打ち貸し切りと小料理屋の紹介のせいか、瑛士もすっかり鈴木酒店のお得意さんだ。

「それじゃあ、今日も鈴木さんお勧めのお店を教えてもらおうかな」

寒おろしを飲みながら決めたのは、燗酒にこだわりがあるという小料理屋だった。

「うちは角打ちで、結局は酒屋なんでね。きちんと頃合いをみた燗酒とか出せないんですよ。お燗の仕方が上手いと酒の味が格段に上がるので、料理屋で実際に飲んでその差を知ってもらいたいのと、燗に合わせた料理を味わってもらいたいんです」

「なるほど」

やはり、プロの意見は違うな。納得し、感心しながらショップカードをもらって、瑛士と二人でそのお店に行く。

店に着いて、酒屋さんから美味しい燗酒を出してくれるって聞きました。と言ったところ、料理人が張り切って酒と料理を出してくれた。

確かに鈴木さんが力説するだけあって、燗酒はほんの一度温度が変わるだけでも味が変わった。こんなに繊細なものだったなんて、驚きだ。カウンター越しの料理人もそんな私たちの反応にすっかり興に乗り、饒舌《じょうぜつ》に酒を語ってくれる。店を出る頃には私はふわふわと、いい感じで酔っていた。

「はい」

外に一歩出ると、瑛士が当たり前のように左手を差し出す。

「はい」

真似して繰り返して、右手を乗せる。すぐにきゅっと握られて、指と指が絡んで、ポケットの中にしまわれた。あ、そういえば今日は手袋してなかったっけ。

気が付くと、腕と腕も触れ合って彼の体温がすぐ側《そば》で感じられる。なんだかくすぐったい気持ちがして、ふふっと笑ってしまった。以前は一歩分の距離をキープすることにこだわっていたのに、一度くっついてしまうとなんだか離れがたくなる。冬だからかな。寒いもんね。

「瑛士、温かい」

「彩乃酔ってる。大丈夫か？　俺、送ってこうか？」

なぜか全力で心配されてしまい、反論した。

「帰れないほどではないよ」

一応、分別はついているとは思う。ただちょっと、理性が低下して瑛士に甘えている気は若干するけど。って、甘えすぎはよくないか。自重しなきゃなあ。うん。

「電車の中で寝たら駄目だぞ。駅着いたら、家までタクシーで帰って」

「駅からはそんな距離ないし、タクシー使う方が遠回りだって」

「あー、やっぱり心配」

眉を寄せて苦悩するみたいな表情の瑛士が不思議で、立ち止まってじっと見つめてしまった。

「そんなに私、頼りない？」

「というより無防備すぎる。自分が先日飲み過ぎて記憶飛ばしたの、もう忘れてるだろ」

「覚えてるよ。大丈夫」

安心させるように空いている左手を前に突き出し、親指を立ててニカッと笑って見せた。気持ち的には、ここは決めのポーズだ。カッコよく止まるはずだったのに、なぜか身体はぐらついて足元がよろけてしまった。

「あれ？」

「あー、またっ」

そんな声と共に、肩を引き寄せられる。右手はつながれたまま瑛士のポケットの中にあるから、そのまま素直に倒れ込んでしまう。とんっという軽い衝撃がして、瑛士の胸板に受け止められた。

「ごめんっ、こんなはずじゃなかったんだけど。……運動不足かな」

ふらつきの理由を言い訳しながら顔を上げると、すぐ目の前に瑛士の顔があった。近い。

「あの、瑛士……？」

身体を離そうとするけど、瑛士の視線に絡め捕られて身動きできない。離れようと思えば離れられるはずなのに、なんでだろう。そのまま見続けていると、瑛士が深く息を吐いた。

「彩乃、俺の前以外で、そんな顔しないで」

そう囁く声が少しかすれていて、どきりとする。心地よい、瑛士の声。これは、えっと、そうだ。

安心感のある声だ。

「しないよ」

安心感ある声で心配されると言えば、お母さん。瑛士、お母さんみたいだなぁって思って、笑ってしまう。いや、男だったらお父さんか。とにかくなんかとても守られている感じがする。ちょっと過保護なくらいに。

「彩乃」

「んー？」

返事をしたら瑛士の顔が近づいて来て、ちゅっと音を立てて唇が触れた。

……え？　ええええええ？

「ほら、無防備だって言ったろう？」

むっとしたような顔しているのに、どうしよう、瑛士の声がもう誤魔化しようもなく色っぽい。

腰から力が抜けていきそうだ。いや駄目。きちんと立って、しっかりしてますよってアピールしなくちゃ。

「あ、あの、酒抜けた！　うん、今ので正気になった！」

その言葉にますますむっとした顔になるくせに、ポケットの中の手はずっと優しく握られている。

気が付けば空いている方の瑛士の手は私の腰に回されていて、まるで囲われているかのようだった。

「彩乃」

「え？　なにっ？」

「二週間後の木曜日、十二月十七日って彩乃の誕生日だろ？」

「あ、うん、そうだね！」

「祝いたいから、夜、空けてくれる？」

「え？　えっと？」

なんかひどい受け答えをしているなとはうっすら自覚してるけど、かといって取り繕うこともできない。血中のアルコールが一気に駆け回っている感じがして、両足で立っているのがやっとだった。

「彩乃」

今まで絡められていた指がそっと解け、瑛士の手がポケットから外に出て、そして私の背中に回ってぎゅっと抱きしめられた。シダーウッドの柔らかい香りがふわりとして、瑛士だなって実感する。慣れ親しんだ、彼の匂い。頬に彼の柔らかな髪があたる感触がして、心地よい。

「今、返事しなくていいよ。一週間後に聞くから、よく考えて」

「う、うん」

こくこくとうなずくけど、心の中は大混乱だ。

考えるって、なにを？　なにをー!?

瑛士は私の首元に顔を埋めたまま大きく息を吸い込むと、渋々といった様子で体を離した。そしてぼんやりと立っている私のために自動販売機でペットボトルの水を買い、手に持たせてくれる。最寄り駅に着くまでにそれを飲み切れと厳命し、駅で手を振って別れた。

あの、これって、友達と飲んだ帰りの別れ方じゃないよね？　あとね、なんか瑛士に抱かれた瞬間、思い出したことがあるような気がするんですけど、あの、もしかして私たち、今より凄いことやっちゃっていたりとか、してませんでしたかね？　これじゃ、まるで付き合……、うわぁぁぁ！
落ち着け、私！

◇◇◇◇◇

頭と感情がグルグルと混乱したまま家に帰り、お風呂から上がると私はスキンケアもおざなりに、ベッドに倒れ込んだ。

祝いたいから、夜、空けてくれる？

一週間後に聞くから、よく考えて。

これって、友達に言うことかな？　言うことかな？　しかもぎゅっとしながらって、うわぁぁぁ！

ベッドの上で手足をバタバタさせて、はっと気が付いた。自分の年齢を言ってみろ。少なくともあと二週間後に三十二歳になろうとする大人がする行動ではない。

「落ち着くのよ、彩乃」

肩で息をしていたけど、深呼吸して無理やり整える。十日ほど前の酔っぱらい記憶飛ばしから始まって、本日の角打ち。それまでの三ヶ月間の穏やかな友情が嘘のように、瑛士がぐいぐい押してくる。

って、あれ？　穏やか、か……？

九月の再会から走馬灯のように思い出が駆け巡り、なんだか違和感を覚えた。

また一緒に行きたいんだけど、会ってくれるかな？

もうちょっと親しくなりたいんだけど。

次も、誘っていいの？

付き合ってほしいんだ。

……ちょっと待った。思い出す言葉が全部、口説き文句になってるんですけど？

「あ、れ？」

『今はいいよ、それで。俺も、酔っぱらいを口説く趣味はないし』

枕を抱いたまま、むくりと起き上がった。穏やかな友情の復活だと思い込んでいたけど、もしかして相手は端《はな》からそんなつもりじゃなく、全力で私を口説いていたっていうパターン？　そして私、気付かずに「友達っていいねー！」的な返しをしてたけど、先日酔った勢いで、かなりの部分を許してしまったと。いやちょっと待った。

瑛士になら、なにされてもいいよ。

って言った気がする。もの凄く、する……。それにも関わらず私は記憶を吹っ飛ばし、いい加減お前分かれや的な方向に瑛士が舵を切ったとか？

一瞬心が浮き立ちそうになるけれど、それを全力で押し留める。

「駄目だ。全部推測で、確信が持てない……」

はぁーっと息を吐いて、枕に顔を埋めた。

二十九歳のときに一生独身を心に誓ってから三年弱、恋愛的努力はなに一つしてこなかった。お陰で感覚はすっかり鈍り、こういうときの対処法が分からない。瑛士に対してもだけど、なにより自分自身の心に向き合うのがちょっと怖い。もし、万が一、本当に万が一、瑛士に口説かれてるとして、私はその好意を素直に受け取ることができるのかな。なにをされてもいいという気持ちはある。でもそれと、私が好意を受け取るかは別の話だ。

ああいややっぱり、その前の段階だ。私は本当に瑛士に口説かれてるのかな？　具体的に『好き』と言われた記憶はない。まず出発点をハッキリさせなくては。

「って、そんなダイレクトになんて、聞けません……」

駄目だ、なんか一人でぐるぐるし始めた。これは外部からのブレーンを導入すべき案件だ。

私は枕元に投げ捨てていたスマートフォンを手繰《たぐ》り寄せた。こういうときに頼りになるのは、やはり同性の友達。

私はメッセージアプリを立ち上げ、友達の名前を目で追った。

第五章

「ひっさしぶりー」

翌々日、日曜日の昼下がり。近所のカフェに行くと、お目当ての人物はすでに着いてコーヒーを飲んでいた。

「真紀《まき》ちゃん久し振り。一年ぶりだっけ？　相変わらず独身で嬉しいよ」

「お互いにね」

そう挨拶して、二人してニカッと笑う。真紀ちゃんこと新野真紀子《にいのまきこ》は、私の中学時代からの友達。お互い結婚もせずに実家暮らしということで、細々と仲が続いている。会うのはこんな感じで一年に一回くらいの淡白さだけど、この距離感だからこそ今までずっと友達でいられているのだろう。

「アヤからお茶に誘ってくるなんて、珍しい」

「まあね」

曖昧に笑って、席に着く。真紀ちゃんには相談があるとは言わずに、久し振りだから会おうと言って待ち合わせた。だってほら、これって口説かれてると思う？　って、メッセージアプリでいきなり書けないじゃないですか、恥ずかし過ぎて。

「でもちょうどいいタイミングだよ。私、先週結婚式に行ってきたんだ。そこでいっぱいネタ仕入れてきたからさ」

　さっきから真紀ちゃんの表情が喋りたそうにうずうずしている。本当にちょうどいいタイミングで連絡したのか、私。

「誰の結婚式？」

「高校時代の。アヤの知らない娘《こ》だけど、なんと新郎の友達にショータ君がいて、びっくりしちゃった」

「ショータ君？」

　って、誰だ。

「ほら中二で一緒だった、鈴《すず》木《き》翔《しょう》太《た》君」

「ああ、ショータ君」

　フルネームを言われて思い出した。中二当時はそんなに接点はなかったけど、つい最近、と言ってももう二、三年前になるのかな、彼とは中学校の同窓会をやったときに再会した。

「ショータ君、元気だった？　確か結構早いうちに結婚して、お子さんいたよね」

「長男が小学校お受験で大変だって言ってたよ」

「小学校お受験か。未知の世界だ……」

「ねー」

　既婚と独身とでは、もはや住んでいる世界が違うと思う瞬間だ。無言になって互いにコーヒーを飲むと一息ついて、そこから真紀ちゃんの怒涛の報告が始まった。なんでもショータ君、先日行われた中学三年時のクラス会の幹事もやっていたらしい。あいにくショータ君とは私も真紀ちゃんも三年時のクラスが違ったため、同窓会の存在すら知らなかった。とはいえ挙がった名前を聞けば、思い出す人たちも多い。それぞれの人生が垣間見える話は興味深かった。

「……というか、すでにバツ二で先日晴れて三度目の結婚をした清水《しみず》君って、何者よ？　どんだけ女が寄ってくるのよ？」

「ねー。神の領域だよねー」

　独身三十路越えの女二人が揃って力なく、はははと笑う。

「そう言えば肝心の独身交流はどうだったの、真紀ちゃん」

　つい心配になって突っ込みを入れてしまった。おひとりさまを決意した私と違い、真紀ちゃんはちゃんと結婚願望のある人だ。御祝儀《ごしゅうぎ》なんて高い金を払っている訳だし、コース料理と引き出物をもらって帰るだけじゃなく、出会いの場としても活用しなければ。

「いいのがいたら、こんな話で盛り上がる訳ないでしょ」

「真紀ちゃん……」

「大丈夫。ショータ君の職場のイケメン紹介してもらう約束したから」

「なら良し」

　もはや本来の目的をすっかり忘れ、真紀ちゃんとの世間話で満足してしまっていた。まあこれはこれで楽しいから、ありかな。

「そうだ。イケメンで思い出したわ、最後の報告。アヤ、大浦君って覚えてる？　二年の一学期の終わりに転校しちゃった子」

油断したところに不意打ちで瑛士の名前が出てきて、ビクッとしてしまった。

「……うん。覚えてるよ」

「大人しそうな優等生って印象だったけど、すんごいイケメンに育ったんだって。で、なおかつ独身」

「あー」

うん。知っている。

とはなぜか言えずに、曖昧な相槌を打ってしまった。そのお陰で、相談するタイミングを逃してしまう。

「ショータ君に紹介してよって言ったけど、駄目だった。なんか近々結婚するらしくて」

「はい？」

ガシャンと音を立てて、コーヒーカップを下ろした。

「アヤ、驚きすぎ」

「あ、えっと、力の加減間違えちゃって」

結婚？　え？　誰と？　誰が？

「なんかずっと付き合っている人？　あれ、好きだった人？　とようやく目処が立ったとかって話で。紹介してもらう前だったからいいけどね。これ、下手に仲良くなってから知ったら、絶対にダメージ大きかったよね」

「……そうだね」

へらっと笑ってコーヒーカップに口付けて、もうとっくに飲み干していることに気が付いた。真紀ちゃんもさっきからお冷を飲んでいて、そろそろ店を変えるタイミングなのを知る。

「アヤ、この後どうする？」

「ごめん。今日は家で夕飯食べなくちゃなんだ。最近、まともに親とご飯食べてなくてさ」

「同居してると、それがあるよね」

「まあね」

お互いに実家住まいということであっさり納得してもらい、また今度会おうねと口約束をして別れた。そのまま真っ直ぐ家に帰る。

「あら、おかえりー。早かったわね」

「……ただいま」

「どうしたのよ？　死にそうな顔して」

「……なんでもない」

母の突っ込みに返答する気もなく、部屋にこもる。

えっと、なんだっけ？　ああそうだ、瑛士。結婚するんだって？　ずっと付き合っている人？

そんな人、いたんだ。

ふーん……

「って、どういうことよぉぉぉ！」

いや分かんない。彼女いたくせに、私と二週間に一回角打ちで会ってご飯食べて、それで月一で遊びに行っていたの⁉　でもって私と一緒にホテル入ってて、ちょっとそれどう考えたって二股！『友達《フレンド》』って言葉の前に、別の単語がついてくるやつだ。なにそれ、結局男ってみんなそういうもんなわけ？　それでもって私もしっかり流されてしまっていると⁉　どういうことよ？　そういうことしたくて今まで一緒に会っていたの？　結婚相手と遊び仲間は分けて楽しむタイプなのか？　って……

「……彼女、いたんだー」

しかも結婚前提の本命の彼女。やっぱり私、ただの友達だったんだ。違う、ただのじゃないや。体《てい》よく楽しむ系のお友達。ぷしゅって、タイヤから空気が漏れるように力が抜けた。なんか、魂が口からこぼれてしまったようだ。

瑛士に彼女がいるってことが、上手く想像できない。あんなに私に接近して、私の心にグイグイ入り込んで。

「本当に、いるの……？」

ショータ君の言っていることは本当なんだろうか。

その疑問、というか彼女がいないでほしいという願いはいつまでも消えずに残ってしまう。今までずっと誠実だと思っていた彼のことを、人からの噂話だけですっぱりと否定することはやはりできない。かといって噂話を否定するだけの根拠もなく、どっちつかずの心は私の中でくすぶり続けた。

◇◇◇◇◇

衝撃の事実発覚から三日経った水曜日。私はとぼとぼと会社から駅までの道を歩いていた。月曜日からずっと、機械的に仕事はこなしたけれど顔色は悪く、同僚からは定時と同時に早く帰れととうとう言われ、会社を出た。このまま真っ直ぐ帰ってもいいんだけど、でも……

自然と、足が角打ちへと向かう。店の前まで来て、立ち止まる。自分が何をしたいのか分からなくなった。このままお店に入って、酒を飲みたいのか？　鈴木さんに愚痴を聞いてもらいたいのか？　それとも……瑛士とここで会いたいのか？

……会いたい、のかな。

会って、瑛士に聞いてみたい。本当に長年付き合っている彼女と結婚する予定なのか。でも、そんなこと怖くて聞けない。メッセージアプリなら、瑛士にいつでも連絡できる。でも、そうやって連絡を取る勇気もない。私はくるりと踵《きびす》を返すともと来た道を歩き出す。

会社を越えた先にタワーマンションが建つエリアがある。瑛士のマンションがそのうちのどれなのかは分からないけど、彼が住んでいる場所に行ってみたかった。

会いたいのに会いたくない。そんなちぐはぐな気持ちを抑えるため、彼の気配を感じる場所に行きたかったのかもしれない。

タワーマンションは真冬の夕闇の中、灯りに照らされてニョキニョキと何本も建っていた。

さすが高層ビルディング。公開空地が広くて、一つ一つがやたらにデカい。都市全体がデザインされていて、スーパーやクリーニング店など生活に直結する店舗がお洒落な感じで地上一階に配置され、一つの街が作られていた。

「これは……、無理だわ」

偶然会えればいいのにという、とんでもなく不確かな気持ちで来てしまったけど、こんな場所で会える訳がない。諦めのため息をついて歩き出したら、高級感あふれるスーパーから出てくる男女が目に付いた。

女性は外国の、ラテンな感じの金髪美女。ショート丈のダウンジャケットにジーンズにロングブーツという、何年経っても不動のイイ女ファッションできめている。華奢《きゃしゃ》で背もそこまで高い訳ではなくて、でも腰骨の位置が高くてお尻がきゅっと上がっていて、とにかくスタイルが良い。そんな彼女と並んで歩いているのは、

「瑛士……？」

人種の違う金髪美女の隣に立っても遜色《そんしょく》ないイイ男が、そこにいた。

彼女と一緒に買い物をしたのであろう、スーパーの袋を持っている。微かに聞こえて来る会話は日本語でも英語でもない、多分ラテン系とかそのあたりの言葉。そしてラテンのイメージそのままに、遠目から見てもわかるくらいに二人は上機嫌な様子だった。

興奮したようにリズミカルに話す彼女が立ち止まる。駅の方面を指差すと、肩をすくめて首をかしげてみせた。教えて？　って言っているみたいだ。それに瑛士がうなずいて、さらに指を右や左

に動かし話している。どうやら道の説明をしたあと、二人はそれぞれの方向へ別れるらしい。
ひととおり説明が終わると、瑛士は彼女が持っている買い物袋を受け取った。互いに笑いながら軽く抱き合う。そして交互に両方の頬にキスをすると、二人は手を振って別れた。その一連の動作が、まるで映画を観ているかのようだった。

「あれが、彼女……」

なんかもう、勝負にもならなかった。いや、別に戦うつもりなんかないんだけど、今まで親しくしていた瑛士は、やっぱり私とは決定的に違う別の世界の人だったんだと知ってしまった、そんな気持ちだった。

絡めた指も一瞬の口付けも、あの二人の動作に比べたら、ぐずる子供をあやしているようなものだ。なんとなくうっすらと思い出しかけているあのホテルでの一夜、確か瑛士は私に部下とのやり取りを見て妬かないのかと訊いてきた。けれどそれをいうなら、今の場面でしょう。

そして完膚なきまでに思い知らされた。全力で口説かれている？　とんだ思い上がりも甚だしい。

「私、またやっちゃった」

小さくつぶやいて、もと来た道を引き返した。思い出すのは三年前の惨めな自分。足取りがひどく重たかった。

◇◇◇◇◇

三年前の夜。

未だにふとした拍子に立ち止まって、つい振り返ってしまう思い出——

「アヤさぁ、この後どうするの？」

ホテルの一室で、事を終えて恋人の羽田《はだ》崇史《たかふみ》が気怠げにそう言った。お互いに裸のまま、私のことをゆるく抱きながら、奴はスマホでゲームをしている。

終わった途端にゲームってどうよ？　と思うけど、いつものことなのでもう慣れた。

それに腰を時折なぞる指の動きは、悔しいことに事後の私が心地よいと感じるポイントを押さえている。

「どうって？　帰るよ。終電逃したくないもん。タカもでしょ？」

口調は素っ気ないはずのに、どこか甘ったるい気分を残す自分の声音を自覚する。彼の胸に自分の頬をつけ、ついうとうとしそうになっていた。いや駄目だ。ぼんやりしていると延長料金がかかってしまう。二時間ってあっという間。

身じろぎしてタカのスマホを覗き込み時間を確認する。これから支度して帰るのは面倒だけど、一晩過ごして明日の朝帰る方が、もっと面倒だ。

「違うって。これからのこと。アヤ、あと半月でうちの会社との契約終了するじゃん」

「うん。有休消化するから、実質あと一週間ってとこだね」

言いながら、まだ続く会話の内容を不思議に思う。タカは私よりも二歳年下だけど正社員で、グループリーダーとして営業部の派遣社員をまとめている。だから私の退職スケジュールは彼が一番把握していて、なんなら私の後任を選ぶ面接も、彼が行ったはずだ。今後の予定なんて、わざわざ私に確認する必要はない。それに、なによりも私のことを知っている、私の恋人なのだし。

「なんでそんなこと聞くの？」

彼の顔を見つめて聞いてみる。

「なんでって」

ゲーム画面に顔を向けたまま言葉をにごす彼。気付けばゲームはフルオートプレイで、操作などしていない。ただ、視線をそこに据えているだけだった。

「こんな風に気軽に会社帰りに会えなくなるなと思ってさ。アヤ、どう考えてるのかなと思って」

「どうって……」

タカの言いたいことが、さっぱり分からない。今だって、内密で付き合ってるんだ。待ち合わせも、別々に会社を出て離れた場所でこっそり会っているし、私の勤務先が変わったって条件は変わらないだろうに。

「……俺さ、駄目なんだよね。相手が離れるの」

「はい？」

離れる、とは？

「会社で普通にアヤのこと毎日見てたじゃん。それが居なくなると思うと、俺、なんか冷めるっていうか」

冷める？　そこ、寂しいって言うとこじゃないかな？

言葉の選び方が自分の感性と違いすぎて戸惑ってしまう。タカはスマホを枕元に置くとようやく私を見て、へらっと笑った。

「だからさ、俺たち今日で終わりにしない？」

「ええ？」

今コイツ、なんて言った？　会社帰りにラブホでエッチして裸で抱き合って、この状況で、それで今日で終わり？

「ごめん、意味分からない」

「だから、別れようって言ってるんだよ。俺、このままアヤと続く自信ないもん。遠距離恋愛とか、絶対ムリだって昔から思ってたし」

「自信って……」

職場環境が変わるだけで自信喪失とか、どれだけ脆《もろ》い関係なんだ。しかも、いつの間にか遠距離恋愛ってことにされている。

タカはその滲み出る弟気質と甘え上手なところを武器に営業するスタイルで、人をその気にさせるのが上手い男だった。一方、その頃の私はといえば、新卒で入った会社を身も心もボロボロになって辞めて、人生リスタートのつもりで今の会社で派遣社員になった。決して明るくも魅力的でもなく、日々生きることに必死だった。そんな私の笑顔を取り戻してくれたのは、彼だ。

今思えば漠然としている『守ってみせる』という言葉も、私の心に気持ちよく染み込んで、前を向いて歩く勇気を与えてくれた。多少軽いところがあるのは彼の個性と思っていたけど、その軽いノリで、今全力で私を振ろうとしている。

「相手が職場にいなくちゃ駄目って、結婚したらどうするの？」

呆然として、ついそんな台詞がこぼれてしまった。

「どういう意味？」

「え？　だってここ、夫婦が同じ職場で居られないよね？　それに子供できたら、産休取るでしょ？」

どちらにしても派遣社員の私は、契約終了で辞めていく訳だけど。

「……もしかして、アヤ、俺と結婚するつもりでいた？」

「え？」

反射的にタカの顔を見返して、その不機嫌そうな表情にぎょっとした。

「だ、だって私、二十九歳になるんだもの。今、付き合っている人と結婚を考えても、おかしくないでしょ？」

流石に二十七歳のタカに、自分から結婚を迫るつもりはなかった。でもこのまま関係が続くなら、いずれはそういうことになるだろうな。なってほしいなって、ぼんやりと思っていた。

「それ、俺じゃなくても、今付き合ってる男がいるなら結婚する。って言ってるように聞こえるんだけど」

嫌悪感を露骨に表し、タカが私を問い詰める。

「そんなこと、」

「俺は年齢とかじゃない、純粋にアヤのことが好きで付き合ってたのに、アヤは結婚が目的で俺と付き合ってたんだ」

「違う！　そうじゃない！」

「ごめん。……俺、やっぱ無理だわ」

なにが起こったのか分からない、混乱のうちに彼が出ていき、そして私も利用時間二時間ぎりぎりでホテルを飛び出た。

その後の展開は最悪で、翌週には私は『将来有望な年下営業マンを食って結婚を迫った派遣社員』という汚名を着せられ、そのまま会社を去ることとなった。

いやいいんだけどさ。面白がって噂していたのは付き合いのない社員ばかりだったし、どっちにしろ最初から退職は決まっていたし。

そしてその後、タカは私の後釜の派遣社員とデキ婚し、彼女が身重の時に社内の女の子に手を出して、ひと騒動あったという話を聞いた。

近くにいないと駄目って、確かに。嘘は言ってなかったんだな。

ブレない人なんだと、その点だけは感心だわ。

◇◇◇◇◇

とぼとぼ歩きながら、そこまでを思い出す。あれと結婚していなくて、本当によかった。私をあのとき切り捨ててくれて本当にありがとう、タカ。

とはいえ、そんなクズ男が大好きで、結婚を夢見ていた黒歴史は厳然と自分の中に残っている。振られた直後の私の落ち込んでいた日々は、今も時々フラッシュバックして心を疼かせる。未だに彼の匂いとは全然関係ないボディローションの匂いを嗅いだだけで、連想ゲームのように彼とのことを思い出してしまうのだ。そしてそれは彼のことを結局なにも理解していなかった自分の独りよがりっぷりとか、適齢期に振り回されていた自分の弱さとかもまざまざと思い起こさせた。何度も、何度も。

タカに対する負の感情は、反省するうちにすべて自分に戻って来てしまったのだ。

人に期待をして裏切られたと思うのは、最初から自分のエゴ。期待や欲望を持ったら、後が辛くなるだけ。それなら、鈍感な人間でいたい。ただ友情だけを素直に受け取って、それ以上の気持ちには蓋をして。そうして生きてきたはずなのに……

「また、やっちゃった」

帰宅して、ベッドにもたれかかってつぶやくと、ポロッと涙がこぼれた。なんで泣くんだろう。

これは反省の涙なのか？　後悔の涙なのか？　失恋の……

「あー、それはなし！」

あんなどうしようもない元カレにすら、振られた直後はぼろぼろに傷付いて、まぶたが腫れるほど泣いたんだ。またそれを繰り返すの？　泣いたら事態は好転するの？　泣けばなんとかなるの？　ねえ、ねえねえ？

もう、泣かない。

私はアプリを立ち上げると、瑛士にメッセージを送った。

『誕生日には、会えません。これからも。

ごめんなさい。今まで一緒に遊んでくれて、ありがとう』

送った後に、瑛士のアカウントを非通知にする。一瞬、削除の文字が頭をよぎったけれど、それはできなかった。そもそも、勝手に一人で盛り上がって勝手に失望して傷付いたのは、私の方だ。

瑛士はただ、昔わだかまりがあったクラスメイトと偶然再会して、それを機に友好を深めただけ。

ホテルでのことも、あれは私の危機感がなさ過ぎた。瑛士でなければとっくに最後までして終わっていただろう。

「ごめん、瑛士」

スマホを胸に押し当てて、深く息をする。それから顔を上げると、検索サイトにキーワードを打ち込んだ。

おひとりさまディナー
誕生日は、自分で自分を祝おう。美味しいものを食べよう。美味しいお酒を飲もう。それは一人でもできるはず。酒と肴は私を裏切らない。

そして一時間後、私はホテルのレストランでのディナーをネット予約した。

ヤケ食い？　上等じゃないのよ。ねぇ？

◇◇◇◇◇

十二月十七日、木曜日。晴れ。私は朝の九時に目を覚ました。

え？　平日なのに九時って寝坊じゃないのかって？　違いますよ。今日は有給休暇日です。そしてハッピーバースデー、三十二歳おめでとう、私！

世の中の流れを見据えてか、今の会社は誕生日休暇なる制度が存在する。年に一日だけ、自分もしくは家族の誕生日に堂々と休んで良いですよ。と会社が決めた休みだ。そしてこれは多分自分の部署だけのローカルルールだと思うんだけど、その誕生日休暇に通常の有給を一日付けて二日連休にするのが慣例となっている。そうでもしないと、有休って消化できないという、とても現実的な理由からくる慣例だ。

今年の私の誕生日は木曜日で、お陰で翌日金曜も休んでの、夢の四連休となりました。……わー、嬉しいなー。

その分、自分の仕事を前倒しにこなしたりといった苦労はあって、なんでそんな思いまでして休みを取らなくてはいけないのかと逆にやさぐれたりもしたけど、仕方ない。いっそ一人旅にでも行けばよかったとか考えたけど、今思い付く旅行先が冬の日本海か知床半島の原野の二択しかなかったので、誕生日当日のおひとりさまディナーは穏便な選択だと自分で納得した。

パジャマの上にフリースを引っ掛けただけの格好で日中はだらだらと過ごし、日も暮れて来たところで、おもむろに着替え始める。都心の有名ホテルでのおひとりさまディナー。流石にきちんとした格好をしなければいけないだろう。——心の内がどうであれ。

支度が整うと、リビングに向かう。

「あら彩乃、出掛けるの？」

意外とでも言いたそうな表情で母が尋ねた。

「ホテルでディナー食べてくるよ」

おひとりさまだけどね。

とは流石に口に出せなかったので、心の中でつぶやいてみる。なぜか母親は、露骨にほっとしたような顔をした。

「よかった。今日の夕飯どうするか悩んでたのよ。ほら、あんたが居たら、多少豪勢にした方がいいかなって思うじゃない？　誕生日だし」

「気の遣われ方が、なんか微妙」

「だって最近の彩乃、元気なかったし。てっきりまた振られでもしたのかと思って」

てっきり？　また？　ちょっと待て、どこまで娘のことを把握しているの、母親って。

「まあでもよかったわ。仲直りしたのね」

「へっ？」

なに、この話の流れ？　なんか非常にまずい気が……

「今日、帰って来なくていいわよ」

「お、お母さん？」

「もうあんたもいい年をしてるんだから、自分で責任持てるでしょ？　頑張りなさい」

ホテルディナーのパワーワードにあらぬ誤解をしたか、母よ。非常に、いたたまれない。まさかこんな形で母の思いやりを受け取るはめになるなんて。

否定する気力もなく、バッグを掴んだ。

「行ってきます……」

どうするの、私？　母のために居もしない彼氏と仲直りして、ビジネスホテルにでも泊まらなきゃいけない訳？

いやそんな小細工は虚《むな》しいだけだ。ご飯食べたら素直に帰ろう、うん。

「あ、そういえば、あんたに郵便物が来てたわよ」

色々と動揺しているところに、封筒を渡される。表を見ると、クレジットカード会社からの簡易書留だった。

「なんでこれから出掛けようってときに渡すかな」

「それは言ってもあんたが部屋に持っていかないからよ。お母さん、昨日も郵便物来てるって言ったわよ」

ヤバい。藪《やぶ》の蛇を突いたみたいだ。

「ありがとう。じゃあ行ってくるわ」

お礼を言って、そのまま郵便物をバッグに突っ込む。わざわざ自分の部屋に置きに戻るのも面倒だ。ズボラな娘の仕草に母の眉がピクリと上がったけれどそれには気付かない振りをして外に出た。

「うっわー、寒っ」

出た瞬間に北風にあおられて、首をすくめる。両手を慌ててコートのポケットに入れた。

手袋、また忘れちゃったけど、もういいや。

私は風から逃げるように、足を速める。


勤務地から二駅先の都会のど真ん中にあるホテルのレストランでのディナーは、さすが高級店なだけあって素晴らしいものでした。

前菜の寒鰤《かんぶり》と甘海老のタルタルや、温前菜のフォワグラとリンゴのポワレなど、冬の食材が季節感を出し、メインの国産牛フィレ肉は圧巻の美味しさだ。そしてなにより、給仕のサービスが徹底していた。周りがクリスマスのカップル客ばかりの中、おひとりさまの私に対しスタッフはにこやかな笑顔を崩さない。ちょっと自虐《じぎゃく》的にスタッフの表情に憐憫《れんびん》の色を見出そうとしてしまったけれど、徹頭徹尾《てっとうてつび》それを気取らせることはなかった。

特に心に染みたのは、食後のデザート。木苺のソースがかかるガトーショコラの素敵なプレートには、控え目に『Ｈａｐｐｙ　Ｂｉｒｔｈｄａｙ！』とチョコペンでメッセージが書かれていた。

そうよ。今日ここに来たのは誕生日を祝うためなのよ。そして、プレートにありがちな花火がついていないことに安堵する。その心遣い、ありがとうございます。今の精神状態であんな派手な演出をおひとりで受けたら、喜ぶ前にこの場で泣くわ。いやそもそも、高級店で花火とか大人相手にはやらないのかな？

「以上でコース料理は終了となりますが、お客様、コーヒーのおかわりはいかがでございますか？」

「いただきます」

ガトーショコラも堪能し、後はおかわりしたコーヒーを飲んで帰るだけとなった。その段階で、化粧室に行く。

なんか、疲れた……

便座に腰を下ろして、がっくりと肩を落とす。料理は美味しかった。スタッフはプロの仕事をしてくれた。お店は素敵だった。けれど、私の精神的疲労はマックスだ。

「やっぱり無理が、……あったかな」

うつむいて、小さくつぶやく。

タカと別れてからの私は、ある意味無敵だった。他人と合わせることなく、好奇心の赴《おもむ》くまま、一人で行動する。酒屋で一人角打ちをする楽しみだって覚えたのだ。それなのに、ここ三ヶ月ほど瑛士と過ごしたことにより、おひとりさまの楽しみ方をすっかり忘れてしまった。あの小料理屋だって、今思えば結局は一人ではなかったのだ。いつも一緒にいて、今はいない人をずっと意識していた。

どんなお酒を飲もうか悩んだとき、美味しいご飯を食べたとき、すぐ側にいる人に話し掛けたい。一緒に選択してもらいたいし、一緒に美味しいねって感動したい。そして、その相手は……

「分かった。婚活だ。婚活始めよう！」

一瞬浮かびかけた人物の姿を打ち消すため、がばっと顔を上げて、拳を固く握りしめた。

――人に無闇になにかを強請《ねだ》ってはいけないし、そう思わせるような言動もしてはいけない。

瑛士とも、タカともそれで失敗をした。でもそれは、私の願いがぼんやりとし過ぎていたからだ。中学生の頃の失敗は、瑛士になんとなく誕生日を祝ってもらいたかったからだし、大人になってからはなんとなく一緒に居てもらいたいという願望しかなかった。タカにはなんとなくの結婚を望んでいた。じゃあ、今考えられる明確な願いは？

私は今切実に、一緒に居てくれる人を欲している。だったら結婚が目的の婚活をすればイイんだよ！

人と人とはギブアンドテイク。『一生独身』のタイトルは返上だ！　決心したならグズグズしていられない。すぐに家に帰って、婚活サイトに登録しよう。そうしよう。

私は便座から立ち上がると、扉に手を掛けた。そのタイミングで、複数の女性の話し声が近付いて来る。化粧室に団体客が入ってきた。

「今日のラインナップ、どう思います？」

「結構いいとこ突いて来たよね」

「私もそう思った！」

合コン、作戦タイム……？

私の動きが止まる。確かにクリスマス直前。聖なる夜をカップルで過ごしたいなら、タイミング的に今、合コンをやっておいた方がいい。それにしても、ホテルで合コンとは豪勢な。

「というか、これだけ高い会費を払っているんだもん。いいのが来ないと、やってられなくない？」

「確かに。一万五千円は高いわー。医者と弁護士限定だから仕方ないけど」

「でもって男の方は五千円でしょ？　絶対捕まえないと、割に合わない」

「ほんと、ほんと」

ああこれ、婚活パーティーか！

ゴクリと唾を飲み込んで、私は個室から出ることなく聞き耳を立ててしまった。なんてタイムリー。彼女たちは私のこれからの姿。しっかり聞いておかなければ。

「でも、一人余分なのがいますよね？」

誰かの言ったその一言で、その場の空気が一転した。

「……いるね。二十三歳ゆるふわぽわぽわ女子。一人だけ二十代って、なんの嫌がらせよ」

「サクラでしょ、あれ？」

「二十代前半が会費一万五千円なんて出さないって」

「私より一回り年下なんですけどー、あの娘《こ》」

三十路半ばの本気婚活女子ＶＳ二十三歳サクラ疑惑女子か。これは、きっついぃ。

どうなることかと固唾《かたず》をのんで聞いていたら、一人の「あ……」という声が聞こえ、誰かが化粧室に入ってくる音がした。一瞬にして全員が黙り込む。状況的に二十三歳サクラ疑惑女子が来たのだろう。

「ねえ、北村《きたむら》さん」

ゆっくりと様子を窺うような声で、一人がサクラ疑惑女子に呼びかける。

「今日の会費って、いくらだった？」

ストレートな質問だ。

「えー、五千円です」

確かにゆるふわぽわぽわな口調で、でもあっさりと彼女が答える。五千円って、さっきの話でいくと、男性の会費と同じか。その差、一万円。

「ふぅん」

先ほどから一番はきはきした口調で話す女子がそうつぶやき、なぜか聞き耳を立てている私がドキドキした。これ、どうなるの？

「みなさん、一人二千円、いいかしら」

突然の問い掛けに、他の参加者が口々に同意する。そして全員の同意を得ると、サクラ疑惑女子に提案がなされた。

「北村さん、あなた具合悪くなってくれる？　これ、心配したみんなからのタクシー代よ、一万円」

え、どういう意味だ？

「お大事に」

「あー、……はい。具合悪いんで私、帰ります。みなさん頑張ってくださいね」

迫力に押されたのか、サクラ疑惑女子はさしたる抵抗もなしに帰っていった。

な、なんだこれ？　凄いわ。

「……ったく、主催者ふざけんなっつーの」

「参加者の平均年齢下げたかっただけでしょ」

「一人だけ若いのを投入すれば、そっちに人取られるに決まってるじゃない」

「はーい、もうお終い。ここから本番でーす」

思い思いに喋りながら、彼女たちが去っていく。全員が居なくなったのを確認して、私もようやく個室から出た。

彼女たちが来てから五分も経っていない。まるで嵐のようだった。自分よりも一万円お得に参加し、なおかつ大注目されている一回り下の女の子に一万円握らせて、追い返す。なるほど。ただ脅しつけるのではない、大人らしい解決方法だ。その余りにも鮮やかな手際と迫力に、私の心臓はドキドキしたままだ。

レストランに戻り、魂が半分抜けた状態でコーヒーを飲む。

婚活、恐るべし。いや、全てがこんなではないだろうけど、でも、婚活にかける本気度というのが今のでよく分かった。その場の気分でついうっかり婚活戦線に乗り込もうとしたけど、私にあれだけの覚悟はあるんだろうかと自問してしまう。

不利な条件を蹴《け》散《ち》らし、目当ての相手を選び、ときには選ばれ、そうして掴んだ相手と人生を共にしようとする覚悟。

……ごめんなさい。覚悟ないです。できないです。

テーブルに突っ伏したくなる衝動をなんとか抑え、小さく息を吐き出す。

誰かと一緒にいたいなら、その誰かを新しく見つけなければいけないのに、今この瞬間も、ずっと一人の姿を思い描いている。彼とでなければ、一緒にいたくない。

瑛士。

胸が、疼く。自分の中でなにが一番大切なのかということに気付いてしまう。手には入らないものなのに。

最後のコーヒーを飲みきると、私はお会計を頼んだ。帰ろう。帰って頭から布団を被って寝てしまおう。バッグから財布を出そうとして引っ掛かり、白い封筒が顔を出す。出掛けに母から受け取った郵便物だ。舌打ちしたい気持ちを抑え、またバッグに戻そうとする。そのとき、封筒が二通あることに初めて気が付いた。どちらも白いから分からなかった。一通はクレジットカード会社からの簡易書留で、もう一通はダイレクトメールかな？

なんの気なしに封筒をずらし、二通目の差出人だけチェックしておこうとした。最近は全てメールで、こういう広告やセールのお誘いも郵便で来なくなった。どこの企業からだろうか。

「え？」

バッグを覗き込んだまま動きが止まり、息を呑む。心臓がぎゅっと掴まれたようになった。

白い封筒の裏面、差出人欄には手書きで住所と共に、

大浦瑛士

と書かれてあった。

混乱のまま会計を済ませ、レストランから出る。そしてホテルのロビーに行くと、なるべくひと目につかなそうなソファーを選んですとんと腰を下ろした。

バッグから手紙を取り出す。白い封筒に書かれた瑛士の字を目で追った。

中学時代の彼の癖を残しつつ、大人の筆致で書かれた私の住所と名前。そうか。瑛士、私の住所知ってるんだよね。なんせ昔、文通していた訳だし。でもなぜに、手紙？

と疑問が浮んだ途端、はっとした。

「メッセージ、やばっ！」

慌てて、メッセージアプリを立ち上げる。日々配信されるどうでもいいニュースやお知らせ系のコンテンツ。そんなものを蹴散らす勢いで、画面を下に動かす。すぐに『大浦瑛士』を見つけ、その未読数に血の気が引いた。

「百超えてる……」

非通知にしていたから気付かなかった。こんなに彼からの返信が来ていたのか。タップして開くと、さかのぼって読んでみる。最初に飛び込むのは、私からの素っ気ない断りのメッセージ。

『誕生日には、会えません。これからも。

ごめんなさい。今まで一緒に遊んでくれて、ありがとう』

そこから始まる、彼のメッセージ。

『どうした？　なにがあった？』

『彩乃？』

『返事して』

『なにがあったのか、教えてください』

『電話に出て』

『話がしたいです。どうして、出てくれないの？』

「瑛士……」

読みながら、鼓動が速まる。胃がぎゅっと縮まってきた。私が一人、落ち込みの感傷に浸っている間に、なにも事情が分からない瑛士は混乱の中に放り出されていた。私によって。私のせいで。

そして最後のメッセージは二日前、火曜日のもの。

『手紙を書きました。読んだら、返事をください。

待っています』

私が、無視を続けていたから、手紙を送ってくれたんだ。どうしよう。私、瑛士になんてひどいことをしていたんだろう。

もう一度、手紙を見る。今すぐ開封したいけど、手で乱暴には破きたくない。なにが書かれているのだろう。こんなひどい目にあわせた私を責めているのか、罵倒しているのか。どちらにしろ、私は瑛士の手紙にきちんと向き合わなくてはいけない。

そういえばと思い出して、化粧ポーチを取り出した。なにかのノベルティでもらったソーイングセット。あれに小さいハサミが入っていたはず。

今までポーチに入れっぱなしで一度も使ったことのないソーイングセットを見つけ出し、ハサミを取り出す。震える指先で、必死に封を開けた。吐きそうなくらい、緊張している。

封筒の中には、便箋ではなく、もっと硬い紙が入っていた。大きさ的に、ポストカード。そっと取り出すと、最近見た風景が写っていた。

雨で滲む石造りの街の中、赤い傘とその下から見えるレインコートと長靴を履いた女性の後ろ姿。

私が好きだと言った、作品。気に入ってクリアファイルを買った。瑛士もいつの間にこのポストカードを買っていたのか。

ふっと緊張感が抜けたけれど、重要なのはなにが書かれているかだ。私は気持ちを落ち着けるために小さく息を吐き出すと、裏面にカードを返した。

『遠藤彩乃様

この風景は、自分の中の彩乃のイメージと同じです。

色の無い世界で、彩乃だけが色を持っている。

愛しています。

大浦瑛士』

第六章

「え？」

　叫び出しそうになって、とっさに自分の口を塞いだ。そのはずみでカードが足元に落ちてしまい、慌てて拾い上げる。

　え、いや、どういうこと？　なんか覚悟していたのと全然違うのが来た。というかこれ、どう見ても、ラブレター。

　って、……え？

　どう考えていいのか分からずに混乱したところに、急にスマホが震えだした。電話が掛かっている表示に、反射的に通話ボタンを押す。

「彩乃？」

　耳にダイレクトに私の名前を呼ぶ声が響いてビクリとした。久し振りの瑛士の声だ。

「なんで……？」

「メッセージ、既読になったから」

　そう短く説明する声が、低い。

「……あの、勝手に無視して、ごめんなさい」

瑛士の声の暗さに圧倒され、手紙の真意を聞くこともできない。ともかく、この一週間にやらかした自分の態度について謝ろう。

「彩乃に、……会いたい」

「うん」

「今、どこにいる？」

「ホテルに」

「ホテル？　誰とっ」

一気に緊張感をはらんだ声音となり、ブリザードが吹き荒れた。なんで？　ってしまった、ホテルか！

「一人！　誰もいない！　おひとりさまでディナー！」

慌てて説明をしてホテルの名前を告げると、二十分で着くからと言って、ぷつっと電話が切れた。

そっか。私の勤務地から二駅先のこのホテルって、瑛士の家や会社からも近いってことか。

そういうつもりで選んだ店ではなかったけど、無意識って凄い。自分の行動に半ば呆れながら、外に出た。ロビーで待つのが落ち着かなかった。

メッセージで、ホテルのエントランスから少し外れた植え込みの前にいることを伝えて、ぼんやりと待つ。未だ混乱は続いていて、どう対応したらいいのか分からなかった。

愛しています、って、本当に？　でも、それじゃあ……

「彩乃！」

ホテルに入ってくるタクシーを眺めていたら、そこから瑛士が降りてこちらに向かって真っ直ぐ走ってきた。

「瑛士、うわっ」

そのままの勢いで肩をがしっと掴まれる。

「どうすれば、好きになってもらえる？」

「え？」

いつもは穏やかな笑みを浮かべる瑛士の顔が、まるで人を一人殺してきましたくらいに強張《こわば》っていて、必死の表情で私を見ていた。

「いつも俺、彩乃にだけは失敗してる。空回りばかりしていて、俺、どうすれば彩乃に好きになってもらえる？」

「好きにって、」

そんなの、とっくになっている。でもそうじゃない。問題はそこでは、ない。

「だって、結婚……するんでしょ？」

「は？」

「長年付き合ってる彼女、あの金髪美女と結婚するんでしょっ？」

言った途端に、ぼろぼろと涙がこぼれてきた。これ、駄目なやつだ。せっかく耐えてたのに、目の前に瑛士がいることで感情が決壊した。もう止まんないや。

「送ってくれたポストカード、読んだよ。なんで婚約者がいるのに、愛してるって書くの？　好きになってって言うの？　なんでそんなこと、なんで……！」

　言いたいことは多分いっぱいあったと思う。けれど、気持ちが高ぶりすぎて言語化できない。ただひたすら泣くしかなかった。泣くというか、泣きじゃくるだ。まるで子供みたい。なにをやってるんだろう、私。

「あの、ごめん、……誰が結婚？」

「瑛士に決まってるでしょ!?」

「それ、誰が言ってたの？」

　そんなのどうでもいいじゃない。

　反射的にキレるのと素直に説明するの、どっちがいいのか一瞬迷って、説明する方を選ぶ。ちくしょう。こんなときでも結局、相手に応えたい気持ちを優先するのか私。

「……ショータ君が。って、真紀ちゃんが言ってた」

「ショータの奴……」

　地を這うような低い声が耳元で聞こえて、思わず顔を上げた。目の前に瑛士の顔。近くない？そしてなんで私、瑛士に抱きしめられてるんだ？　いつの間に？

「ずっと好きだった人に、ようやく結婚を申し込むって言ったんだ」

　私を真っ直ぐ見つめて、瑛士が言う。

「……金髪美女？」

「違う！　それもショータの話？」

「そうじゃないよ。私、見たんだもん」

そこでまたあの日の光景が思い出されて涙があふれた。一度泣くと駄目だ。これ、当分おさまらない。

「あんな美女がいるのに、なんで私に構うのよ！」

「あれは、義理の姉！　俺の兄の奥さん！」

「あね……？」

姉って家族だよね。外国人美女とも家族なの？　なんか、グローバル化激しくない？

「あの、色々と説明が必要だと思うので、できれば俺の家に来ませんか？　というか、来てください。お願いします」

切羽詰まった表情でそう懇願する瑛士を、じっと見つめた。感情が先走って、情報の整理が追いつかない。確かにこのままの気持ちで家には帰れないし、こんなぼろぼろに泣いている姿でどこかお店に入るのも躊躇《ためら》われる。

「……行く」

それだけ言って、鼻をすする。多分私、ひどい顔してる。バッグからティッシュを取り出し、うつむいて涙を拭う。案の定、マスカラが落ちて黒くなっていた。ヤケになって、ついでに鼻もかむ。

こうしている間にもまた涙は滲んできて、まなじりからこぼれていった。

「彩乃、頬が冷たい」

ふわりと瑛士の手が私の両頬を包み込んだ。

「外で待たせて、ごめん」

「私が、勝手に外で待ってただけ」

かぶりを振ってそう返すと、瑛士がふっと吐息だけで笑い、私のことを一瞬だけ抱きしめる。そして私の顔を覗き込んで、苦しそうにつぶやいた。

「泣いた顔が見たいって前言ったけど、彩乃を傷つけたい訳じゃなかったんだ」

「……うん」

じゃあ一体どういうつもりで言ったのか、そして今の状況とか、瑛士がなにを考えてどう行動していたのか、私にはなに一つわからない。それでも彼が今この瞬間、私の泣き顔に胸を痛めていることは感じ取れた。

「行こう」

手を取られ、ホテルのエントランスまで戻り、タクシーに乗った。車内のエアコンの暖かさにほっとする。行き先を指示する瑛士の声を聞きながら、私はぼんやりと車窓から外の景色を見た。鼻はぐずついて、時折涙をぬぐって、窓ガラスに映る私の姿は明らかに泣いている。そんな私の手に瑛士の手がそっと伸ばされて、指が絡んだ。

瑛士の指がまるで私の存在を確かめるように甲をさわりと撫で、そしてきゅっと握ってくる。繰り返される動作に、癖なのかなとぼんやり思う。そうされるたびに、次第に私の気持ちが落ち着いていく。

無言の車内の中、互いに別の方向を眺めながら、ただ指と指が寄り添っていた。

◇◇◇◇◇

生まれて初めて訪問するタワーマンションは、ホテルのようでした。なんだここは？

エントランスを入ると革張りソファーの置いてあるやたらに広いロビーがあって、正面の遥か先にフロントが見える。守衛さんが座っていて、お帰りなさいとにこやかに挨拶された。これ、昼間は受付嬢が座っているやつだ。

エレベーターの中も結構広くて、荷物を乗せたりちょっと腰掛けたりできるベンチも設置されている。そして家の中！

「モデルルーム？　もしくは、……外国？」

今までぐずぐず泣いていたことも忘れ、思わずつぶやき挙動不審になる庶民がここに。

玄関から続く廊下を突き当たって左に曲がると広々としたリビングがあって、まず目に飛び込んだのがガラス窓越しの夜景だった。テレビで観たことある。ウォーターフロントだ。そうだ、うちの会社も川べりにありました。普段は窓の外の景色なんて見ることもないから忘れていたけど。うわぁ。

「そこ、座って。ちょっと待ってて」

そう促されてソファーに座り、リビングを見渡す。ここでホームパーティーをやったら素敵だろうな、とモデルルームの見学に来た客のようなことをぼんやり思う。

夢見心をくすぐる景色とインテリア。壁紙がシンプルな白ではなくて漆喰《しっくい》のような質感があって、壁と木目調の家具、ダークグリーンの布張りソファーがよく合っている。インテリアのセンスといい、キャビネットの上にさりげなく飾られている家族写真が外国のお家っぽさを醸《かも》し出していた。

こんな所に私がいて、いいのだろうか？

落ち着きのない気持ちで視線をローテーブルに移すと、まず目に入ってきたのは転がっているビール缶。そして柿の種。モデルルームみたいな部屋の中で、ようやく人の気配とか、生活を感じてほっとした。

それにしても、凄い慌てっぷり。柿の種の散らばり様が、さっきの瑛士の駆け寄ってきた姿と重なってしまう。なんとなくテーブルの上を片づけながら、再会直後の第一声を思い出した。

どうすれば、好きになってもらえる？

思い返すと凄いこと言われている気が……

「お待たせ。はい、お茶」

「はい！」

思い切りビクッとして、背筋が伸びた。でもどう対応していいか分からなくて、すぐに目を伏せる。

「紅茶のティーバッグしかなかったんだけど」

「ありがとう。いただきます」

マグカップを手渡され、素直に受け取る。独身男と紅茶のティーバッグ。いや別に独身男の家に紅茶のティーバッグが常備されていてもおかしくはないんだけど、でもなんか家庭の雰囲気を感じる。なんていうか、家族がいてもおかしくない家の空気だ。

頭の中の疑問点に気を取られていると、ごく自然に瑛士が私の横に座った。私の左半身と、彼の右半身がふわりと触れる。

「あ、あの！　いいお家だね！」

どうしよう。なんだか今さら緊張してきた。

「一人暮らしとは思えない」

「一人で暮らしているけど、元々は兄一家から間借りしている家だから」

「そうなんだ」

事情が飲み込めずにいると、瑛士が近くのキャビネットに手を伸ばし、写真立てを無造作に手に取った。そして私の膝の上に置き、指で説明してくれる。

「結婚式の写真。この花婿が兄さんで、花嫁がシルヴィア。彩乃がこの間俺と一緒にいたところを目撃した、義姉《ねえ》さん」

「そうなんだ……」

遠目で見た美女と、新郎の横で微笑む花嫁が同一人物なのかは正直よく分からなかったけど、説得力はあった。

「兄は主にヨーロッパの建築材料を輸入し商材にする会社を経営しているんだ。スペイン人のシルヴィアと結婚して、ほぼ海外で暮してる。先週も日本に来てて、一週間であっちに帰っていったよ。

このマンションも元々は、兄が日本に滞在する間の拠点が必要だと考えて購入したもの。でも普段使わないからってことで、俺が管理がてらに間借りしてるんだ」

「ああだから」

多分、この外国的センスにあふれた内装は、シルヴィアさんの趣味なんだろうなと思った。

あれ、でも、

「転職してから、引っ越し先を決めたって言ってなかったっけ？」

それだとちょっと話がおかしくないか？

不思議に思って顔を上げると、瑛士がじっとこちらを見つめていた。

「順を追って話をするよ」

「はい」

「中学二年生の冬に、彩乃に商品券を贈ってからの、俺の話」

そんな昔に遡《さかのぼ》るのか。戸惑うけど、止める理由もない。私は黙って、彼が話すのを待った。

「――あの失敗で、人任せではなく自分でやって後悔した方がいいと思うようになった俺は、まず人から好感を持ってもらえるように、見た目を整えるところから始めてみた。眼鏡をやめてコンタクトにして、髪の毛を切って、洋服を選んで。高校入学のタイミングに合わせて心機一転したら、人が寄ってくるようになった」

いわゆる高校デビューってやつか。でも、元の素材がよかったからできたんだよね。と、瑛士の整った顔を見つめ返してそう思う。

「次に意識して取り入れたのは人間観察。自分の発言に対して、人がどう反応するのか。お互いが円滑にやり取りするには、どうアプローチしたらいいのか」

「高校生で、そんなこと考えてたの？　なんか、頭のいい子の発想だね」

「そういうのが得意だったのかも。昔から受け身だったから、俺」

　その言葉に納得する。受け身の人って、人間関係のなにもかもを流しているイメージがあったけど、その間ずっと観察眼を磨いていたのか。そんな人が積極的な人間になると前向きに決意して努力をすれば、今まで培ってきた人間観察の技術がフル活用されるはず。結果、瑛士はこんな風に社交的な人物に開花したのだろう。

「高校も進学校で、そんな尖った性格の奴も周りにいなかったし、大学入っても留学しても、自分で言うのもなんだけど割と要領よくできてしまって。……で、なんか飽きたんだ」

「飽きた？」

「うん。自分が分析して作った対人マニュアルを試し尽くしたら、あとは同じことの繰り返しだけだし」

　そこで言葉を切って、瑛士が窓を通して外を見る。

「大学を卒業したばかりの頃からかな、ふと、遠藤さんのことを思い出すようになった。自分が変わろうと思ったきっかけが、遠藤さんに対してのやらかしだったから。ふとした瞬間に彼女なら、こんなときどんな反応するのかなって考えるようになって。自分の中に、空想上の遠藤さんが存在するようになった」

遠藤さん、の言い方はとても距離が感じられて、自分のことを話しているとは思えない。

　想像の中の私か。

　なんだか不思議な気分だ。私にとってあの誕生日プレゼント事件は忘れたい黒歴史で、こうして瑛士と再会するまでは記憶を奥底にしまっていた。だけど、瑛士にとってあの頃の出来事は空想の私を作り出すくらい、頻繁に思い出すものだったのか。

「二年半前に中学校の同窓会が、あったでしょ？」

「うん。あれ？　あのとき、瑛士もいたの？」

「いない。けど、ショータからその後に話を聞いた。あいつとはずっと交流が続いてて、たまに飲みに行っていたから。そのとき遠藤さんの話になったんだ。最近転職してこの街で働いているって聞いて、ちょうど俺も転職ついでに引っ越し先を探していたから、この街に住むのもいいなって思った」

「引っ越しのきっかけが、私ってこと？」

「もちろんストーカーをするつもりとかじゃなかったよ。中学生の遠藤さんしか知らなかったし、勤務先を知っている訳でもない。ただふとしたときに、遠藤さんもこの街にいるんだなって思うだけ。ちょっとしたノスタルジーと好奇心で、この街を引っ越し先の候補に入れた。それだけ」

　過去の告白から始まったまさかの展開に驚くけど、先を聞きたいのであえて黙る。その代わりに紅茶を飲んだ。暖房でずいぶん温まってきたとはいえ、外で待っている間に芯から冷えていた体に、紅茶がじんわりと染みていく。

「その頃、兄も日本で家を探していて、俺がこの街で物件を探していると言ったら俄然《がぜん》興味を持ち始めた。最終的にシルヴィアがここを気に入って兄が購入して、そこを俺が間借りすることになったんだ」

色んなきっかけが重なって、瑛士は今ここにいるという訳か。

「これで話がつながったね」

「で、ここからが、本題」

瑛士が窓から視線を移して私の顔を覗き込む。

「引っ越して二年ほど経って、ある日道を歩いていたら、酒屋の店内で立ち呑みをしている女性を見かけたんだ。とても美味しそうに楽しそうに飲んでいて、一目見ていいなって思った」

あれそのシチュエーションって、と思って自分を指差すと、瑛士がうんとうなずいた。

「その女性に惹かれて店内に入って、隣で自分も飲み始めたら、彼女が会社の入館証を落として、俺がそれを拾った。遠藤彩乃って書いてあった」

そうして私の瞳を真っ直ぐに見つめる。瑛士の笑顔が嬉しそうにキラキラしていた。

「運命だと思った」

「え……」

「一目惚れした女性が、長年自分が心の中で追っていた人物と同じだったんだ。そう思っても、おかしくないだろう？」

「え、あ、まあ」

「浮き立った気持ちでご飯に誘って、そのまま口説こうと思ったのに、警戒心が強くて奢らせてもくれなかった」

話していくうち、瑛士の笑顔からキラキラが消えていく。

「二回目に会ったとき、名前で呼ばせてくれるようになった。空想の遠藤さんがいなくなって、彩乃になった。でも、三回目で付き合ってくださいって言ったら、飲み友達になってしまった」

「あ……」

やっぱり、私の自意識は過剰に作用した訳ではなかったのか。

「それでも会うたびに少しずつ俺に馴れてくれて親しくなって、時々近付きすぎて怒られたりもしたけど、警戒心も薄れてきたように思えて。三ヶ月かけて、手を握っても抱きしめても逃げなくなってくれた」

だんだんと自分のことを言われているのか近所の野良猫の話をしているのか分からなくなってきた。

「酔った彩乃に、俺にならなにされてもいいって言われたときは、天にも昇る気持ちだった。なんであのときカッコつけて最後までしなかったのか、めちゃくちゃ後悔した」

「あー、それは……」

いたたまれずに、視線を部屋中に彷徨《さまよ》わせてしまう。そんな私を見て、瑛士がぽつりと言った。

「彩乃の誕生日に、今度こそ本当に付き合って下さいって言うつもりだったんだ。結婚を前提として。俺は一生、彩乃と一緒にいたいから」

「え、え？」

「それなのに、突然メッセージが来て、もう会えないって。ホテルでのことがあった後、勢い余ってショータに結婚するって宣言したのが、まさかそんな形で彩乃に伝わると思わなかった。そしてシルヴィアとの仲が誤解されるとも、思わなかった」

「あ、いや……」

ヤバい。瑛士の背後に黒いオーラが見える。中学のときといい、今回といい、なぜ私は瑛士に対してやらかしてしまうのか。

「俺、彩乃に対していつもやり方を間違えてしまう。失敗してばかりだ。……どうすれば、好きになってもらえる？」

改めて私にそう問いかける瑛士の目は、暗い色をしていた。自信を失って、不安そうな表情。

私が、瑛士を傷付けた。

申し訳なさに、まず胸が痛む。それから甘い感情がじんわりと疼いてきた。どうしよう。たまらなく、瑛士が愛おしい。

「馬鹿だなぁ」

そう言って、瑛士の頬に手を伸ばした。

過去に恋愛に失敗して、臆病になって、それから人の好意を受け取ることも信じることもできなくなった私は、瑛士に対してひどい態度を取ってしまった。こんな後ろ向きな私に愛を乞うなんて、そしてそのことで自信を失うなんて、瑛士は馬鹿だ。そしてそれ以上に馬鹿なのは、私。

素直に、なりたい。

瑛士の頬を指でなぞり、彼の瞳を覗き込んで、強く思った。

自分の中に沸き起こるこの気持ちに対して、私は素直になりたい。

「ひどいことして、ごめんなさい。とっくに好きになってるの。私も、……瑛士を愛しているの」

言った途端、また涙がぼろっとこぼれてびっくりした。まだ涙腺が駄目になったままなのか。

「なんで泣くの？」

ふっと瑛士が息を吐き出して、優しい笑顔になる。そして彼の腕に絡め取られ、私は膝の上に乗せられて後ろから優しく抱きしめられた。

「分からない。嬉しいから……？」

素直に体を預け、瑛士にもたれて言ってみる。

「それなら、もっと泣いていいよ。俺も、そんな泣き顔が見たかったんだ」

耳元で囁く声に安堵《あんど》する。ここは、私が泣いてもいい場所。涙を無理に止めなくてもいい場所だ。

「ふっ……」

知らずに口から声が漏れ、それをきっかけにまた涙があふれてきた。

今まで抱えていた寂しい気持ちも、それを隠すために強がっていた気持ちも、わざと気が付かない振りをして鈍らせていた気持ちも全部、涙と一緒に流れていく。

「彩乃、愛してる」

「うん」

「一生、側にいて」

「うん」

「結婚しよう」

その言葉にはっとして振り返ったら、瑛士が私を見て微笑んでいた。キラキラの笑顔。大好きで大好きで、愛おしい。瑛士の笑顔。

「うん」

見つめたままうなずいたら、瑛士の顔が近付いた。そのまま覆いかぶさり、唇が触れ合って、そして深く口付けられた。愛が、溶け合う心地がした。そして……

　さてここで問題です。

鼻が詰まっているときに口で息ができないと、人はどうなるでしょうか？

「ぷはぁ！」

呼吸ができずに苦しくなって、私は瑛士から顔をそらして思い切り息を吸った。

「ご、ごめん、テッシュ。鼻、かませて……！」

必死の思いでそうお願いする。直前までのいい雰囲気が！　すっかり台無しだ。ああ。

自分の行いにがっくりしていると、瑛士が私を抱きかかえたまま体を傾けて腕を伸ばし、テーブルの端にあるテッシュケースを引き寄せて渡してくれた。どうやら私を離す選択肢はないらしい。

「ありがとう」

小さくお礼を言って、鼻をかむ。百年の恋も冷める所業だなとちらりと瑛士を見上げると、目が合った。とても楽しそうな顔をしている。それどころか小さく笑っている。

「幻滅《げんめつ》してない？」

「なんで？」

鼻唄まで歌いそうな表情だ。そのまま片手でゴミ箱を引き寄せ差し出してくれたので、テッシュを捨てる。優秀で気が利く万能チェアさん、ありがとう。

「あー、離したくない」

つい些細なことに気を取られていると後ろからまた抱きしめられて、低くつぶやかれた。

「このまま帰したくない」

「……いいよ。私、明日も休みだし……」

うなずいてから、うつむいた。目が合わせられない。お泊りを了承しただけなのに、なんかめちゃくちゃ恥ずかしい。照れてしまう。

そして、お母さんありがとう。あなたの気遣いで、私は好きな男と気兼ねなく一緒に過ごせます。

「あ、でも！」

はっと気が付いて顔を上げた。

「コンビニ行かせて！　お泊りの用意なにもしてないから」

「用意？」

「うん。化粧品とか」

着替えはまあ冬だし、今日着たのをまた着て帰ればいいや。下着と化粧品をコンビニで買えば、なんとかなるな。

「化粧品……。ちょっと待ってて」

瑛士は思い出したようにそう言うと、一回私をぎゅっと抱きしめてから体を離し、奥の扉へ姿を消した。というか、なにそのぎゅっていうの。名残《なごり》惜しい感がハンパないんですけど。

どんどんと顔が火照ってくるので手でぱたぱたと扇いでいると、瑛士が荷物を手に戻ってきた。高級デパートの紙袋だ。

「これ、シルヴィアから。プレゼントだって」

「プレゼント……？」

意味が分からず聞き返す。

「この家を間借りするとき、シルヴィアに言われたんだ。女性をこの家に入れるときは必ず自分に報告しろって。でこの間、誕生日を祝った後に彩乃を家に誘うつもりだって報告したら、根掘り葉掘り聞かれて。ちょうどスーパーに夕飯の買い出しに行っていたのに、買うものがあるからって荷物を俺に押し付けて飛び出して行って、帰って来たらその彼女に渡せってこれを押し付けられた」

その光景、見た気がする。とっても、する。

「……それって、先週の水曜日？」

「だったかな。ああそう、水曜日だ」

うわぁー、シルヴィアさん疑ってすみません！　しかも家族だと思うと、あのほっぺにチューもただの挨拶だよね。ラテンの人だもんね。結局は嫉妬にかられた私が、一人で空回っていただけだったのか。そして瑛士、本当にごめんなさい！

「どうしたの？」

「いや、ちょっと色々と反省を」

自分がやらかしたことに落ち込みつつ、紙袋の中を見る。そこにはクリスマス仕様に可愛くラッピングされた箱と、有名コスメブランドのショップバッグが入っていた。

「これって」

落ち込みも瞬時に消え去り、意識がバッグに集中する。中身を取り出すと入っていたのは、基礎化粧品のトラベルセットだった。

「なんて準備がいい……！」

急なお泊りでも安心かつテンション上がる素敵なプレゼント。なんてできる女なの、シルヴィアさん！

「泊まっても困らないように気を遣ってやれと言われた。でも、男がここまで準備はできないだろうからって」

「めちゃくちゃ嬉しいよ！　じゃあこっちは」

もう一つ、箱の方の包装紙をわくわくした気持ちで開けていく。お泊りセットだとしたら、この大きさ的にパジャマとか？　パジャマにしては箱に厚みがないことに何の違和感も覚えずに、瑛士の目の前で蓋を開ける。

「ん？」

現れたのは、高級っぽそうな繊細な黒いレース。そっと摘んで広げてみせると、レースとオーガンジーでデザインされた、大人可愛いベビードールだった。

「うわぁぁぁぁ！」

なんというものを、シルヴィア姐《ねえ》さん！　ラテンな女はやることが振り切れてるな！

慌てて紙袋に箱とベビードールとついでに基礎化粧品を突っ込んだ。ぶふっと、隣で笑い出す声がする。

「……見た？」

「そりゃあもう、バッチリと。これ、期待していいの？」

「却下です！　なにかパジャマ貸して！」

速攻で答えたら、さらに笑いが続いてしまった。

「残念。でもまあいいか」

すぐに脱がせちゃうしね。

ぎゅって抱きしめて耳元でそう囁くと、瑛士は私の耳たぶを甘噛みした。

「ぁんっ」

こぼれ出た自分の声の甘さにびっくりする。これは、マズい。

「お、お風呂！　お風呂に入らせて！」

「了解。すぐに入れるよ。さっき準備したから」

いつの間に。手際の良さに感心していると、瑛士は私を立ち上がらせて浴室まで案内してくれた。

案の定、ここもやはりショールームばりの素敵空間だ。ついでに洗濯機も使わせてもらうことにして、ひと通り説明をしてもらう。最後に瑛士はぎゅっと私を抱きしめると、「ごゆっくり」と言って出て行った。なんか、なんか愛されている感が凄いんですけど。

ふにゃふにゃと腰の力が抜け、洗面台に手をつく。そのまま鏡を見ると、そこには顔を真っ赤にした三十二歳の女がいた。

散々泣いてまぶたが腫れぼったく、化粧がすっかり剥げ落ちている。こんな悲惨な状態の顔をものともせず、あの蕩《とろ》けるような笑顔を向けてくれていた瑛士。

「攻撃力が、ハンパない……」

なんだあの好意ダダ漏れの表情は。そして恐ろしいことに、あの顔には見覚えがあった。会うたびに、ふとした拍子にあんな表情を向けられていた。そしてそのたび、ワンコがご飯をねだるみたいな顔だなーとか呑気に思っていましたよ、ええ。瑛士の気持ちが分かってしまった以上、もうあんなとぼけた感想は浮かんでこない。

どうしよう。ドキドキが止まらない。

昔読んだ少女漫画のヒロインの台詞みたいなことを思ってしまい、その恥ずかしさに身悶《みもだ》えした。

早くお風呂に入ろう。

◇◇◇◇◇

お風呂から上がって、シルヴィアさんからいただいた基礎化粧品をありがたく使わせてもらう。すっぴんの顔。平凡でぼんやりとした、極端に悪いところはないだろうけど取り立てていいと言えるところもない、地味な顔。

手抜きメイクを信条としているので、化粧を落としても顔はさほど変わらない方だと思う。それでもマスカラも落として、メリハリのない素顔を男の人、しかも自分が好きな人に晒《さら》すというのは、心のハードルを一つ乗り越える必要がある気がする。こんな気持ちで誕生日の夜を迎えるなんて、数時間前には思いもしなかった。

大きく深呼吸をして、もう一度鏡を見る。すっぴんで、素直な自分。潔く、瑛士に晒してしまえ。

「お風呂、いただきました。ありがとう」

リビングに戻って、ソファーでスマホをいじる瑛士に声をかける。なにかメールをしていたようで作業を終わらせると、顔を上げて私を見つめると、微笑んだ。

「スウェット、ぶかぶかだ」

それはそうだ。瑛士のスウェットを借りている訳だし。

「瑛士、百八十センチ超えで背高いでしょ？　さすがに裾《すそ》とか袖とか余るよね」

「うん。可愛い」

「へっ？」

瑛士は立ち上がると私をそっと抱きしめて、口付けた。

「彩乃が家にいて、俺のスウェット着ているってだけで感動してるし、興奮もしてる。俺も風呂入ってくるから、寝室で待ってて。こっち」

「う、うん」

ぼわわって効果音が聞こえてきそうなくらい、一瞬にして顔が火照る。それを隠すようにうつむいたら、うなじにチュッと柔らかい感触がした。慌てて顔を上げると、瑛士としっかり目が合ってしまう。

「……！」

なんでもう、そんな目で私のことを見るんだかなぁ！

瑛士は私の手を取って指を絡ませると、そのままベッドルームに案内してくれた。六畳ほどの空間にセミダブルベッドとサイドテーブル、机と本棚が並ぶいたってシンプルなつくりだ。机の上にはデスクトップパソコンとノートパソコン、それにモバイル機器が置いてあるけど、書類は一切置かれていない。今どき会社員の在宅ワークだなと、ぼんやり思った。

「ここ、座って」

言われるままにベッドに腰掛けて見上げると、瑛士の顔が近付いて、また口付けられる。そっと舌が滑り込んできて、私の体がぴくりと反応した。ふっと息だけで笑う気配がして、抱きしめられる。舌と舌が絡み合い、擦り合わされた。

「ふぁ、ぅん……」

目の前のこの人にすがり付きたくなって、ぎゅっとシャツを握る。彼の舌は私の中を隅々《すみずみ》まで探検し、ちょっとした反応を捉えてはそこを丁寧になぞり上げた。

「ん……、瑛士」

このまま流されたい。甘えるように呼びかけると、あやすように頭を撫でられる。そして軽く唇を甘噛みされて、顔が離れた。

「すぐ済むから、ちょっと待ってて」

私の体の中に欲望の火種だけをつけて、瑛士が部屋から出ていく。扉が閉まるのを目で追って、それからベッドに身を横たえた。寝具からほのかに香る、瑛士の匂い。コロンだけじゃない彼の匂いに、腰とお腹の奥、子宮の辺りがきゅんとする。心も体も、瑛士のことを欲している。

自分の唇に指をあて、さっきの瑛士の感触を反芻《はんすう》した。ホテルでは、舌を絡ませるような深いキスはしていなかった気がする。やっぱりあのときは、手加減していたのだろう。

触れた腕の太さや頬をくすぐる髪の毛の柔らかさを思い出し、また私の中が疼いた。

「お待たせ」

「え、早っ」

ガバッと上半身だけ起き上がって彼を見る。

案の定、髪の毛が洗いっぱなしで濡れていた。ドライヤーで乾かす手間を省いたな。

「寝癖、ついちゃうよ」

くすくすと笑いながら髪の毛に指を入れ、梳きながら言ってみた。

「いいよ。そのくらいじゃ、幻滅しないだろ？」

その動作を止めるように私の手首をそっと掴むと、瑛士はそのまま指先に口付ける。目線はずっと私を見つめたままだ。その目が情欲をはらんでいて、たまらず私は息を吐き出した。

「なるわけ、ない」

その返答に瑛士は微笑むと、私に背を向けてサイドテーブルの上のルームランプをつけ、ドアの横にある電気のスイッチを消した。その後ろ姿をずっと目で追ってしまう。Ｔシャツにスウェットパンツという格好の瑛士。うなじから背中にかけてのラインに色気を、肩甲骨《けんこうこつ》の浮き出方に男らしさを感じ、ドキドキする。いつまでも見ていたい反面、ぴったりと寄り添いたくもなる。愛しい、瑛士の背中。……ああ、そうか。

不意にすとんと納得してしまった。

私、自分が思っているよりも遥かに、瑛士に惚れているんだ。

「彩乃」

振り向いた瑛士がベッドに上がり、私の頬をそっと撫でる。軽く唇が触れ合って、それから真剣な眼差しでじっと見られた。

「俺のものに、なって」

強い意志を持った言葉。私の心の中が幸せな気持ちで満たされていく。

「瑛士が私のものになるなら、いいよ」

わざと強気な口調で言い返して、自分から口付ける。心だけじゃなく、体も満たしてほしい。瑛士の腕が私の腰を絡め取り、二人ベッドに転がった。

二人で抱き合ったまま、ごろんとベッドに転がり込む。そんな子供じみた行為が楽しくて、声を上げて笑ってしまった。瑛士が私をかばうように受け止めるから、必然的に彼の身体に覆いかぶさったようになる。瑛士は上半身を起こすとヘッドボードにもたれかかり、両手を広げた。

「彩乃、俺の上に乗って」

そう言われて、瑛士の腰にまたがる。ぎゅっと抱きしめると、瑛士も抱きしめ返してくれた。そのまま二人、口付ける。唇を薄く開けて誘い込むと、彼の舌が入って来た。さっき覚えた口の中の気持ちの良いところを、くすぐるように突いてくる。反射的に体がびくんとして、その拍子で下半身に瑛士のものがあたった。

「……おっきくなってる」

ふふっと笑ってそう言うと、瑛士は私の腰を掴んで互いの位置を合わせ、ぐりっと擦りつけてきた。

「あんっ」

声が漏れ出て、恥ずかしさから反応を窺うように瑛士を見てしまう。

「気持ちいい？」

そう聞く瑛士の声が色っぽくて、それだけでぞくりとする。

「うん。気持ちいい」

「もっといっぱい、彩乃を気持ちよくさせたい」

声もそうだけど、目にも、表情にも色気があふれていた。こんないい男が真っ直ぐ自分を好きでいてくれる。なんて幸せなことなんだろう。

「あのね」

瑛士の頬に触れて、彼の気持ちに流されないくらいの強い気持ちで言ってみる。

「瑛士が私のこと彩乃って呼んでくれるのが、好きなの。みんなはアヤなのに彩乃って呼んでくれるの、丁寧な感じがする」

そして彼の手を取り、指を絡めてその指先に口付ける。

「瑛士と手を握るのも、好き。甲を撫でてから指をきゅってするの、大切にされてる感じがして嬉しくなる」

ゆっくりと指をほどき、彼の首に私の腕を回した。

「私のこと、好きになってくれてありがとう。私も瑛士のことが好き。……愛してる」

先ほどお互いの気持ちを確かめあって、盛大に泣くということをやらかした訳だけど、どうも私が本気で瑛士のことを愛しているという気持ちが伝わりきっていない気がしていた。こちらが勝手に誤解して、ひどいことをしてしまったという負い目もある。事を始める前に、きちんと伝えておきたかった。

のだけど。

「彩乃」

視点がひっくり返って天井が見えたと思ったら、瑛士の顔がアップになった。そのまま深く口付けられる。スウェットの裾から瑛士の手が入ってきて、私の脇腹に触れた。素肌の感触を愉しむようになぜられて、乳房を柔らかく包んでくる。

「ふわ……、あっ……」

「彩乃にそんなことを言われたら、俺、歯止めがきかなくなる」

「んっ、ぁ、ああっ」

スウェットの生地の中、瑛士の手が妖《あや》しく動く。私の体は彼の手がもたらす刺激を一つ一つ拾い上げ、快感として脳に届けていた。心置きなく私の乳房を揉むと、次に瑛士の指は乳輪をゆっくりとなぞり、じんわりと疼いて主張しだす乳首を摘まんできた。右と左、交互につねられたり爪先で弾かれたりと刺激を与えられ、そのたびに私の腰がビクビクと動いてしまう。

「上、脱がすよ」

「あ、んっ」

返事ができないまま、上衣を脱がされる。私のささやかな胸が露わになった。

「乳首、勃ってる」

にんまりと笑い、瑛士が言う。

「……勃たせたのは、誰よ」

「俺」

パクリと食らいつき、人の乳首を咥えたまま、瑛士がこちらを見上げた。

あ、ヤバい。めちゃくちゃ私好みのいい顔している。エロいのに可愛くて格好良い。なにこの男。

荒く息をつきながら瑛士の顔を見つめていたら、胸の先に快感が押し寄せて来た。軽く歯をたてられて、やわやわと刺激を与えながら舌で先端を嬲《なぶ》ってくる。左右交互にそれをされて、最後にじゅっと吸い込まれた。

「ああっ」

私の腰が大きく跳ねる。瑛士は未だ乳首を咥えたままで、そっとスウェットパンツの中に手を入れてきた。腰のラインをなぞりながら両手を私のお尻に回し入れてくる。その感触を愉しむようにお尻を触り、唇を外すと自分のモノを押し当てて来た。前回とはまるで態度が違う。でもそれは、あのときと違って一方的に私だけが気持ちよくなる行為ではなくて、互いに気持ちよくするためのものだと思えた。瑛士に応えるため、私も脚を上げて彼の腰に巻き付ける。お互いのものを擦り合って気持ちよくなりたい。

そう思ったはずなのに、いざやってみると厚手の布越しに自分から粘着質な水音が聞こえてきて、つい目が泳いでしまった。体が全力で瑛士を欲しがっているようで、恥ずかしい。

「ぐちょぐちょ？」

嬉しそうに聞いてくる。分かっているくせに意地が悪い。

質問には答えずにわざとそっぽを向いたら、その首筋をつっと舐められた。

「ひゃ、あん！」

「下も、脱ご？」

お伺いをたてるような言い方をしているけど、実際は私の反応を待たずに脱がしてしまう。

「あ、ちょっと」

その手際よさに焦った。脱ぐにあたってその、事前の説明というか、言い訳というか、ともかくちょっと待って、あ。

「これ……」

ショーツ一枚となった私の姿を見て、瑛士が一瞬目を見開く。それから嬉しそうに目を細めた。

「シルヴィアからの、プレゼントのやつ？」

「……替えの下着がなかったので」

そっぽ向いたまま、小さな声で答えた。黒いレースのショーツ。ベビードールとセットになっていたものだ。Tバックじゃないし、まあいいかと穿いてみたけど、思ったよりも布面積が小さくて、防御力がゼロだった。

「俺のスウェット着てる彩乃ってだけで十分そそられるのに、脱がせたらこんな下着って、最高すぎる」

「感想、言わないでいいんで」

ああ、もう駄目。恥ずかしさの限界点突破した！

耐えられなくなって、思わず両手で顔を隠してしまう。黒いレースのセクシーランジェリーを、好きな男に見せる日が来るとは思いませんでした。実際やってみると、滅茶苦茶恥ずかしいなぁ！

「彩乃、顔見せて」

瑛士の手が私の手首をやんわり掴んで、顔から外す。チュッと口付けられたから、つい目を開いて彼を見てしまった。

「彩乃の恥ずかしがる顔をもっと見たい。あと、感じて気持ちよくなる顔も」

そう言って、瑛士が私の顔を見つめながらレースの縁をなぞっていく。彼の指がゆっくりと合わせ目に降りていって、中心の一点をくるりと撫でた。

くちゅ。

水音がして、私の体に刺激が広がる。

「あんっ！」

「とっくにあふれて、下着の用をなしていないね、これ」

だから防御力ゼロなんだってば。

口に出せない突っ込みを心の中で叫びながら、瑛士を睨みつける。

「彩乃、可愛い」

上機嫌で微笑み返され、口付けられた。舌が絡み合い、唾液が混ざり合う。一方で、瑛士の指はレース生地越しに私の花芯を弄りだす。

「ん、ふっ、はぁっ」

「ぷっくり膨れてる。ねえ、こりこりしてるの、分かる?」

「だから、……んっ、実況しなくて、いい」

「でも彩乃、言われるとびくんって腰が動いてるよ」

「あっ、やん」

どうしよう、気持ちいい。瑛士の声が耳元で聞こえるたびにゾクゾクして、肌の感覚が鋭敏になっていく。これ以上自分の口から喘《あえ》ぎ声を発したくなくて唇を噛み締めたら、咎《とが》めるように瑛士が私の唇をぺろっと舐めた。

「声、我慢しないで。俺に聞かせて」

「あんっ、あ」

瑛士の指がショーツの脇から潜り込んで、私の中に入ってくる。まず様子を探るようにぐるんと一周すると、そこから丁寧に中を弄られる。そして指を動かしたまま私の脚をそっと開くと、瑛士は顔を近づけた。

「こっちも可愛がらなくちゃね」

さっきまで散々私の口内を愉しんでいた舌が、レースごと花芯に押し当てられる。そのままぐにぐにと動いて、その気持ち良さに声をあげ続けた。

「あ、あん、んん……！」

いつの間にか指が増えて、中と外、両方から刺激を受ける。好きな人から与えられる快楽に、溺《おぼ》れていく。どんどんと気持ち良さは膨らんでいき、もうそれ以外のことを考えられない。ぽってりとした舌の厚みで揺さぶるように舐められ、その後、尖らせた舌先で突かれる。あともう少しというところでショーツを脱がされ、生身の舌が私の花芯に直接触った。火花が散るような快感が押し寄せる。

「ああっ！」

びくんと体が震え、快楽が弾けた。

「……イッたね」

顔を上げ、ペロリと口元を舐めながら瑛士が私を覗き込む。その仕草に、その表情に、心と体の奥が同時に疼いた。

「うん」

余韻で震える体を持て余すように、両手を広げる。それだけで意味は通じたようで、瑛士は私をぎゅっと抱きしめてくれた。

「彩乃の中に、入りたい」

耳元でため息交じりに囁かれて、また体が反応してびくりとする。

「私も早く、瑛士が欲しい」

囁き返して、甘えるように目の前の耳たぶを噛んだ。堪えかねたように瑛士は息を吐き出すと、いったん私を抱きしめてから体を起こす。

「ちょっと待ってて」

そして着ているものを手早く脱ぎ捨てると、サイドテーブルの引き出しを開け、ゴムを着ける。

前回は照れてちらっとしか見ることができなかった、瑛士の裸体。鍛えてるのかな？　贅肉《ぜいにく》はついておらず、引き締まった体つき。そういえば明け方にホテルに戻った時、ランニングウェア姿だったっけ。そんな余計なことを考えていたら、瑛士の中心に存在するものをしっかり見てしまった。……なんか、主張が激しい。欲しがる気持ちは消えないけれど、あれが入るのかと思うと、少し緊張してしまう。

「どうしたの？」

ぐ、鋭い。微妙なこっちの気持ちを瞬時に察してくるなんて。

「あの、……どうぞお手柔らかに」

なんと言っていいか分からず思いついたまま口にして、またぶふっと噴き出されてしまった。

「優しくする。彩乃の初めての時より、多分もっと」

なんてものと対抗してるんだ、この人は。

つい苦笑して、力が抜けた。瑛士の手が優しく私の頬を撫で、体のラインをそっとなぞる。官能はまたすぐに立ち上がり、私の息が荒くなる。おさらいをするように胸を揉まれ、入り口を弄られると、口付けをしたまま瑛士がゆっくりと入って来た。

「んっ、んん……」

熱量を持った、瑛士の分身。私の中が歓喜でうごめくのを自覚する。久し振りの異物感はすぐに薄れ、気持ちの良いところにあたる感触にぞくぞくとした。

「彩乃」

囁く声に、自分の中がきゅんとする。

「……ね、分かってる、彩乃？」

教えるように瑛士の手のひらが私のお腹、子宮の辺りを撫でるけど、そんなの十分分かっています。

「名前呼ばれるの、本当に好きなんだな」

「……意地悪」

わざとむくれてそう言ったら、くすくすと笑いながら、耳元で囁かれた。

「彩乃、……彩乃」

「あん、んっ」

呼ばれながら瑛士のものがゆっくりと出し入れされて、重くしびれるような快感が押し寄せて来た。

「ん、瑛士！」

堪らず呼び掛けると、私の中の彼がびくんとして反応した。

「瑛士も呼ばれるの、……好き？」

「……ああ。好き」

気をそらすように息を吐き出しながらうなずく瑛士にしがみついて、ふっと笑う。

「一緒ね」

「彩乃……」

瑛士を見つめて口付ける。眉を寄せたちょっと苦しげな表情。情欲を湛えた目。愛おしい、私の男。

「瑛士」

私も囁き返したら、ぐいっと腰を入れられた。奥にまで瑛士が届いて小さく悲鳴をあげる。瑛士はそんな私にニヤリと笑い、激しく腰を使いだした。湿った音が部屋に響く。止まらない私の喘ぎ声。どんどんと体は官能に溺れていって、もうそれしか考えられなくなる。気持ちいい。大好き。

好き。気持ちいい。

「あっ、瑛士……！」

ぱぁんと白く電流が流れ、ショートした。

「うっ」

奥深くにねじ込むように腰を打ち付けていた瑛士が、遅れて動きを止める。私の中で数度跳ね上げ、瑛士も達した。

まるでダッシュしたかのように息を弾ませながら、彼の顔を見続ける。息が落ち着くうち、お腹の中に幸福の種を植え付けられた気になって、ふへへとふやけた笑いをしてしまった。

「瑛士」

「ん？」

「幸せ」

それだけ言って、ぎゅっと抱きしめる。

「彩乃」

「ん？」

「そんなことされたら、おさまらないんだけど俺」

「ええっ？」

ぎゅっと抱きしめ返されてからゆっくりと体を離し、瑛士が背中を向けて今つけている分を始末する。そして新しく四角い包装紙をサイドテーブルの引き出しから取り出すと、私に見せてにっこりと微笑んだ。

ちょっと待って、久し振りに使わない筋肉使って体キツイんですけど、私。

と思ったけど、今一瞬だけ見えた瑛士の背中のラインにムラッと来たので黙ることにした。私もまだおさまらない。

「仕方ない」

くすくす笑いながら瑛士に自ら抱きつき、口付けをねだる。

だって付き合いたてなんだもん、私たち。

翌日の朝――

ふわりと意識が浮かび上がるような、そんな優しい感覚で目が覚めた。見慣れぬ部屋の景色。記憶が一瞬混乱して戸惑うけど、スウェットのパジャマ越し、背中がぽかぽかと温かくて安心する。

背後から巻きついている腕をそっと持ち上げ、静かに体を回転させると、恋人の寝顔を正面から眺める。整った顔立ちに、少し伸びた髭《ひげ》。そういえば、目をつむった顔を見るのはこれが初めてだ。いい男は寝姿も様になるなぁと、相手が寝ているのをいいことに、思う存分鑑賞する。昨日きちんと乾かさなかった髪の毛は、案の定寝ぐせとなって爆発していた。それが可愛く思えてしまうあたり、かなり恋に浮かれている自覚はある。でも、男臭さの中にあどけなさが残る寝顔に寝ぐせ付きって、一生見てられる。

私の、愛する人。

そんな言葉が自然と心に湧いてきて、思わず視線を泳がせてしまった。昨日からの怒涛の展開を思い返すと、嬉しいと同時に照れくさくもなる。ずいぶんと、色んな感情を晒してしまった。そしてその後の、あんなことやそんなこと……

かぁっと頬が上気して、目を伏せた。でも、心も体も満たされたのは、確かだ。

満足の息をついたら、頭上でくぐもった笑い声が聞こえ、はっとする。いつの間に！

「視線を感じて起きたら、彩乃がうつむいたままどんどん赤くなってるんだけど、ねえ、なに考えてたの？」

「別に……」

そんなことやこんなことを考えてました。とは言えずに、視線をそらす。

「っと、おはよう彩乃」

「うん。おはよう」

思い出したように言うから、そのまま素直に挨拶を返した。途端、ベッドの中でぎゅっと抱きしめられ、口付けられる。

「え、瑛士っ」

「朝起きたら腕の中に彩乃がいるって、いいね」

起き抜けの、髭も生えて寝ぐせもある男の気の抜けた笑顔が、なんでこんなに可愛く見えるのか。

これがきっと惚れた弱みというやつなんだ。なんだか私も気が抜けて、へらっと笑ってしまった。

手を伸ばし、寝癖を直すように手で梳きながら、瑛士の顔を覗き込む。

「私も瑛士の体温を感じて、嬉しかった」

言った途端にぎゅっとされる。いきなりそれは、苦しい！　そして、あ……

「朝の、生理現象？」

下半身にあたる感触に、浮かんだ疑問が口から漏れる。

「それだけじゃないって」

ちょっとむっとした感じで否定された。

「彩乃がここにいるって思ったら、勃ちました。……ねぇ、このまま、いい？」

後半、耳元で囁くのはズルいと思う。うっかり流されそうになるけど、ちょっと待て。今日は平日だ。

「瑛士、仕事でしょ？」

ベッドの中、抱きしめられたままでわざと難しい顔をして聞いてみる。瑛士の手が私の全身を優しく撫でてくるけど、これに流されてはいけない。

「今、何時？」

「んっ、もう七時」

「あと二時間ある。在宅勤務だから、通勤時間のロスタイムなし」

「あんっ」

つい高い声をあげてしまった。昨晩たっぷり愛されて体がすっかり瑛士の手を覚えてしまっている。

「けじめ必要！　シャワー浴びて、朝ご飯食べて、着替えたら、二時間なんてあっという間だから！」

「シャワー、ね。うん、分かった。効率的にやろう」

見るからになにか企んでいますという笑みを浮かべた瑛士に浴室に連れていかれ、時短を理由に二人一緒にシャワーを浴びさせられ、もちろんそれだけで済むはずもなく、結局朝からまた致してしまった。社会人のけじめはどこに……？

「とーにーかーくー！」

一時間半後、私はコップの水を一気に飲んでから、ぎっと瑛士を睨みつけた。

「ここからは、お触り厳禁です」

「うんそうだね、ご飯食べよう。俺、お腹空いた」

眼鏡姿の瑛士が、笑顔で私の怒りをスルーする。昨日はコンタクトをつけたままうっかり寝てしまったから、今日は眼鏡にするんだって。たまに見せる眼鏡姿も知的な感じがして実は好きだったりするんだけど、もしかして把握されてる？

突っ込みたい気持ちをぐっと堪え、私もトーストに齧り付く。トーストにカップスープにサラダとハムエッグ。彼に作ってもらいました。やはり男の一人暮らしでも、料理をする人はするんだなぁ。瑛士が外食派ではなく自炊派だということも意外だった。葉物野菜なんて、普段料理しないと冷蔵庫に置いていないよね。

「洗濯物、どのくらいで乾くかな？」

浴室に干した下着に思いを馳《は》せて、スープをすする。色々なもので汚れた下着だの寝具だのは、瑛士が朝ご飯を作っている間に私が責任を持って洗った。下着はきちんと回収して、持って帰らなくては。

「大体二時間くらいかな」

「それならお昼前に帰るね」

「え？　帰るの」

ひどく驚いた顔で瑛士が聞き返した。

「帰るよ。瑛士、仕事でしょ」

本当ならもっと早くに帰るつもりだったけど、ここは私の勤務地にほど近い場所。うっかり通勤途中の同僚に目撃される、なんてことは避けたかった。十一時くらいにここをお暇《いとま》するのがベストかな。

「なんで？　彩乃は今日休みだろ？」

みるみるうちにしゅんとしていく瑛士に、ちょっとびっくりしてしまう。

「そんなに一緒にいたいの？」

「うん。いたい」

ついストレートに聞いてしまったら、ど直球で返された。全力で甘えられている。その事実に照れてしまい、ぼんって音を立てるように耳まで熱くなった。

「自分から聞いておいて、なんでそんな反応するの」

私の表情の変化に、瑛士が笑う。その表情が本当に嬉しそうで、余計に照れた。

「うー」

「彩乃、触っていい？」

「……駄目」

「せめて指先だけ」

ね？

って首をかしげてお願いされて、結局手をきゅって握られて、指先に口付けられた。ついさっきまでもっと凄いことをやっていたはずなのに、いや、だからこそ、か。こんな些細な動作に、ときめきが止まらなくなる。

瑛士はキラキラとした笑顔を振りまきながら、私をじっと見つめて言った。

「俺、まだ彩乃の誕生日を祝ってない」

「へ？　あ、誕生日」

忘れていた。そうだ、そんな日がありました。って、昨日のことか。

「さすがに商品券はもう贈らないけど、でも正直、何を贈っていいのか分からなくて」

「そんな」

「だから、彩乃自身に選んでもらいたくて、今日は一緒に買いに行きたかったんだ」

その瞳が微妙に暗く陰っていることに気付き、彼のトラウマの深さを知る。私はふっと息を吐き出すと瑛士の手を握り返し、指先に頬を寄せた。

「予定外にお泊りしちゃったから、今日は帰りたいの。それに夜からだと、買い物をするには、時間が足りないし。その代わり、明日の土日に泊まりに来てもいい？　土曜日に一緒に出かけよう」

　これでなし崩しにこの家にいたら絶対に流されちゃうし、えーっと、正直に言うと体力が持ちません。

　瑛士は私の言葉に微笑むと、了解というように頬をゆっくりと撫でてくれる。

「誕生日プレゼントもだけど、指輪も見に行こう」

「指輪？」

「エンゲージリング」

「エ、エンゲージリング⁉」

　うぇぇぇぇっ？　と叫びそうになったけれど、さすがにそれは驚きすぎだと思ってなんとか抑えた。その代わり、池の鯉のように口がぱくぱくと動いてしまう。瑛士はそんな私にきっぱりと、宣言をした。

「それと、近日中に彩乃のご両親と会うので、予定お願いします」

「え？　え？」

「彩乃、俺、本気だからね」

　にこやかに微笑みながらも、真剣な瞳で私と向き合う。朝の空気の中で聞くその宣言に、これが夢ではないことをようやく実感した。こんな真面目に私のことを考えている人を相手に、いつまでも他人事のように驚いているのは失礼だろう。私も姿勢を正すと静かに息を吸って、それから深々と頭を下げた。

「ふつつか者ですが、どうぞよろしくお願いいたします」

「彩乃……！」

がたんと椅子を蹴飛ばすような勢いで瑛士が立ち上がる。これはまずい。これで抱きしめられようものなら、また始まってしまう。って、今、八時五十二分！

「これ以上は、お触り厳禁！」

慌てて叫んで、動きを制した。ふぅ、危機一髪。

――そして十一時。

支度も整ったので、私は瑛士の部屋のドアをノックした。

「はい」

カチャリと音がしてドアが開いて、瑛士が出て来る。眼鏡姿でお仕事モードの瑛士。男の色気が、だだ漏れしている。なんで惚れた男の仕事中の顔つきって、こんなによく見えてしまうのだろう。職場にいる男の人にはなんとも思わないのに。

ふわぁぁっと心の中で叫びながら瑛士に見惚れていたら、彼の表情が一瞬にして曇っていった。

「もう帰っちゃうのか」

お仕事からプライベートに雰囲気が切り替わる。

「明日また泊まりに来るよ」

「下まで送る」

「いいよ。瑛士はお仕事続けて」

ね？　と言って玄関まで歩き出す。そんな私を捕まえて抱きしめると、瑛士は頬と頬を合わせてぐりぐりとした。なんか大型のワンコに懐《なつ》かれたみたいだ。

「またすぐ会うでしょ？」

髪の毛をぐしゃぐしゃにするくらい撫で回したい。そんな欲望をなんとか思いとどめ、代わりに背中に手を回して抱きしめ返す。彼の体に触れ、彼の匂いを嗅ぐだけで、自分の腰に力が入らなくなっていることに気が付いた。すっかり私も瑛士に骨抜きにされているな。

「彩乃、明日はディナーにも行こう。行きたいお店とかあったら教えて」

「えー、いいよ。外食ばかり続くと疲れちゃうしもったいないから、瑛士の家でお家ご飯にしよう？」

「外食ばかりって、今日もどこか行くの？」

瑛士が頬を離して私の顔を覗き込むから、え？　って思った。

「あれ？　今日は止めちゃうの？　角打ち」

「角打ち……？」

キョトンとした顔で言葉を繰り返すけど、今日は金曜日。先週は角打ちに行っていないから、今日は行く日だよね？

「もしかして、付き合い始めたら角打ちは終了？」

確かに、会いたいときに会いたいって言っても許される仲にはなったけど、隔週の角打ちの誘惑は捨て難《がた》い。

「それはちょっと寂しいなぁ」

「……その前に、確認。今日、彩乃は泊まらないんだよね」

「そうだけど」

「でも夜また来て、飲んで帰るの？　面倒じゃない？」

「別に。定期あるし」

お互いに混乱気味の会話を交わし、認識のズレを確認する。そのうち瑛士が笑い出した。

「ごめん、俺が悪かった。彩乃を自分の考えに勝手に当てはめてた」

「もしかして、明日泊まるから今日の角打ちはなしって思ってた？」

聞きながら、確かに効率を考えたら、そっちの方がいいのかも？　と気が付いた。

「そう思っていたけど、そうじゃないって分かって嬉しい。いつもと同じ十八時に店に集合でいい？」

「いいけど……」

あれ？　考えたら、別に今日に拘《こだわ》る必要はなかった？　明日にずらせば良かったんじゃない？

「彩乃、」

次第にしまった感が増してきて、表情を曇らせていく私に瑛士が呼び掛ける。その声の柔らかい響きに、そっと顔を上げた。

「俺はそういう彩乃が好きだから」

「あ、……はい」

「角打ちで会おう。待ってる」

ついばむような口付けをされて、玄関まで見送られた。そこで別れて、私は帰宅すべく駅に向かう。マンションの敷地内を歩いているときは名残惜しくてゆっくりだった歩調も、いつもの通勤で使う道に変わる頃には、浮かれた足取りになっていた。

冷静に効率を考える瑛士と、なにも考えずに突っ走ってしまう私。こんな手間の掛かる私を好きになってくれて、ありがとう。

無意識のうちにバッグを前に抱きかかえて、ふにふにと笑ってしまう。

さっき、あえて瑛士には言わなかったけど、この中には私の宝物が入っている。

瑛士は誕生日プレゼントを贈っていないことを気にしていたけど、プレゼントは昨日ちゃんと受け取っていた。瑛士から送られた、ポストカード。大切な、ラブレター。

家に帰ったら、まずはファイルにこれをしまおう。中学二年生の夏から始まった文通の歴史。十七年のインターバルを挟んで送られたのは、最高の贈り物だ。

私はまた出掛けるんだ。駅前の大通りから一本離れた裏道にひっそり佇むあの酒屋を目指して。一見するとどこにでもある酒屋さん。だけど、私たちにとっては特別な場所。

「角打ちで、会いましょう」

小さくつぶやいてふふっと笑った。

ね、瑛士。

第七章

彩乃の誕生日から三日後、日曜日の夜――

俺の家から帰る彩乃を見送るため、駅までの道を二人で歩いていた。手をつないで、指を絡める。コートのポケットに大切にしまい込んだ彩乃の右手が柔らかくて、温かくて、その感触を愉しむようについ親指で彼女の手の甲を撫でてしまう。

「その癖」

彩乃が笑いながら俺を見上げた。

「手をつなぐと必ずするよね」

「そう？」

必ずなのかは自覚がないから分からないけど、彩乃と手をつなぐのは好きだ。彼女の体温を、大切な存在をしっかりと確かめられて、自分の心も温かく満たされていく。

けれど幸せな時間はあっという間に経ってしまうもので、駅前の大通りに出たところで地下鉄の入り口が見えた。そろそろお別れの時間だ。

「帰したくない」

つい本音が漏れた。そして横目で彩乃を見る。

「駄目。明日、会社だから」

目を伏せながら短くそう言う彩乃が可愛い。立ち止まり、空いている手で彼女の頬を撫でると、その指先を首筋までおろしていく。首元を人差し指でそっと突くと、ぴくりと彼女の体が反応した。

セーターに隠れたそこには、赤い跡がある。さっきつけたばかりの、独占欲の表れだ。

「瑛士のせいで、当分、Vネックが着られなくなった」

文句を言ってるのに、瞳がうるんで艶っぽい。この痕がつけられたときの情事を思い出しているのだろうか。その反応に満足して、俺はニヤリと笑った。

「鏡でそこを見るたびに、痕がついていることを確かめて？　消えたらまたつける」

「だからそれが駄目なんだって」

「つけるのが？　それとも、場所が駄目？」

なんてことのないように聞いてみる。彩乃はまさかそんな質問が来るとは思わなかったらしく、なにか言おうとして口を開け、それからまた口を閉じて視線を彷徨わせると、わざとこちらを見ないで小さく答えた。

「もっと、人に見えないとこなら、……いい」

ああもう、なんだろうこの可愛いの。

「彩乃、やっぱり俺の家に帰ろ？」

「だから駄目ですー。土曜日にまた泊まりに来るからそれまで我慢！」

「土曜日？」

ポケットの中でつないだ手を、ついきゅっと握りしめてしまう。

「知ってると思うけど今年は木曜日がクリスマス・イブで、金曜日がクリスマスなんだけどな」

「ごめん。金曜日は先約が」

「先約？」

言葉の不穏さに反応して、またもや手を握りしめる。クリスマスに先約って、誰と誰が？

そんな俺の不安に彩乃も気が付いたようで、慌て首を振った。

「毎年、クリスマスは友達と独身女子会をしてるの。去年一人メンバーが減って、今年は三人で開催するって決めてたの」

「そうか」

ついこの前の誕生日に気を取られ、クリスマスの予定を聞いておくことまで頭が回っていなかった。これは俺の失態だ。仕方ない。

「まあ、来年の今頃は独身じゃなくなっているしね。今年で最後だと思えば」

「うぇっ⁉」

「じゃあ次会うのは土日ということで。どこか行きたいところとかある？　俺、彩乃にクリスマスプレゼントを贈りたいから、買い物に行きたいな」

「いや、プレゼントはもらったよ！　昨日、パジャマと食器買ってもらった！」

焦ったように彩乃が首と手を振って反対してきた。確かに、いつでも家に泊まれるようにとパジャマを買い、家でご飯食べるなら彩乃の茶碗も必要だよねと和食器も買った。しかしあれは生活必需品に分類されるべきものでプレゼントにはならないと思う。しかも、だ。

「あれは誕生日プレゼントだって、彩乃が主張してたんじゃなかったっけ？」

「あ、いや、そうだった」

「……俺からの贈り物って、迷惑？」

つい弱気になって聞いてしまった。どうも彩乃に対しては、こちらが考えて計画していることが裏目に出てばかりだ。知らないうちにやらかして、彼女に逃げられることだけは断固として避けたい。

そんな気持ちが顔に出てしまったらしい。彩乃はふっと息を吐くと、俺を安心させるためか微笑んでくれた。

「迷惑じゃない。でもいっぱいもらいすぎたって思ってるの。だって、指輪も買ってもらったんだよ？　それにパジャマに食器に、さらにその前にポストカードだって……あー、それは瑛士的にはプレゼントでないんだとは思うけど」

「あれは確かに、……違うね」

彩乃に去って行かれるかもしれないと、切羽詰まった状態で書いたあの恋文《ポストカード》。あれが贈り物なら、今まで送った文通だってちょっとした贈り物に分類されてしまうだろう。

「言っておくけど、エンゲージリングは誕生日プレゼントではないから、別枠だよ」

なんだか今までもらったものの棚卸《たなおろ》し報告が始まりそうだったので、口を挟んだ。

「誕生日は誕生日だし、クリスマスはクリスマス。時期が近いから一緒にされることが多かったのかなと思うけど、俺は分けて考えたいし、それぞれで彩乃に贈りたい」

「瑛士……」

「前にも言ったと思うけど、彩乃は俺に強請《ねだ》っていいんだよ」

中学二年生時の商品券のことがきっかけで、彩乃は人に対して消極的になっていったんだと思う。だけど、俺は彩乃にもっと欲しがってもらいたい。

「ありがとう」

俺の気持ちを汲むように、彩乃がゆっくりと感謝の言葉を口にする。その表情が素直に嬉しそうだったので、ほっとした。彩乃に欲しがってもらいたいのは、結局のところ、頼りにされたいという俺の我が侭。それに感謝をされるのはちょっと落ち着かない気分だけど、彼女の気持ちを素直に受け取っておくことにする。

「あのね、実は欲しい物がひとつあるの。土曜日はそれを買うのを兼ねて出掛けてもいい？」

「もちろん」

「あ、クリスマスプレゼントなんだから、当然私も瑛士に贈るからね！　瑛士も欲しいものを言って」

――今この瞬間で言ったら、彩乃を持ち帰りたいんだけど。

口にすると余計に帰したくなくなるので、自重した。代わりに手をきゅっと握る。本当は抱きしめて口付けたい。しかし、彩乃の勤務地でもあるこの駅前で目立つことは一応避けたい訳で。あー、新居の場所も考えなくては。

その後は土曜日の待ち合わせを決めて、彩乃を駅の改札まで見送った。

これから一週間。いつもの日常が始まる。彩乃と気持ちを確かめ合う前と表面上はなに一つ変わらない、日常。それなのにこれからの毎日が、なぜかひどく新鮮に感じられた。

◇◇◇◇◇

それから三日が経った水曜日、午前九時半。

水曜日は週に一度の出社日で、俺はオフィスの自席でこれから始めるミーティングの資料に目を通していた。

週に一日しかオフィスにいないとなると、必然的にその日に会議が集中する。これから始まる社内ミーティング用の資料に目を通していると、ふわりと香水の甘ったるい匂いがした。

「大浦さん、会議室モニターのセッティングできました」

振り返り、俺に声を掛けてきた人物に微笑んでみせる。

「ありがとう、本橋さん」

それで要件は済んだはずなのに、目の前の彼女は立ち去る気配がない。

体のラインがきれいに映えるように計算された、ブランド物のスーツ。ゆるく巻いたセミロングの髪の毛。そして自身の存在を知らせるような、フローラルな香水。女性誌から抜け出したようなファッションは手の込んだ努力が感じられ、素直に称賛に値する。

「どうしたの？　なにか問題が」

そう言いながら二台並んだモニターのうち、今まで資料を読んでいた方の画面を消す。

「いえ、大浦さんをランチに誘いたくて。週に一回しか会えないので、課員のみんなでお昼に行こうかって話になったんです。大浦さんも、いかがですか。みんなと交流を深めるためにも」

「ごめんね、今日は先約があって」

もう一台のパソコンのマウスを手に取り、こちらの画面もひとつずつ消していく。

「先約？」

「うん。雁野《かりの》とね。なんか相談あるって言われたんだ」

雁野は三月末までこの部署にいた後輩で、そして本橋さんの同期にあたる。そんなよく見知っているであろう彼が話題に出て、彼女の眉がピクリと上がった。

「雁野君、今、目黒《めぐろ》課長のところですよね」

ああ今、邪魔だと思ったな。

「あっちも色々とあるみたいだね」

「そうですか」

渋々といった表情で彼女が諦める。さて、あともう一つ。

俺は彼女の視線を感じながら、また画面を一つ消した。そして次に現れた画面は、人事の変更届。

「あ」

「うん？」

そこで初めて気が付いたように画面を見て、慌てて全ての画面を消してみる。

「さあ、そろそろ行こうか」

何事もなかったようにそう言って、立ち上がった。

「……はい」

ノートパソコンを持つと歩き出す。その後を少し遅れて本橋さんがついてきた。背中に感じる無言の視線。俺は気付かぬ振りをして、会議室へと入っていった――

「悪い。待たせたな」

十二時十五分、会社近くの商業施設ビル最上階のレストラン街の和食屋に、俺は入っていった。ランチが少し高めだが、個室になっていて話がしやすい。雁野はすでに席について待っていた。

「とんでもないです。ランチ、勝手にA定食二つで頼んじゃったんですが、いいですか？」

「いいよ、ありがとう」

限られた時間は有効に使いたい。雁野はそんな俺の考えをよく理解しているため、言わずともこのように気を利かせてくれる。

「それで、相談ってなに？」

雁野からスマホにメッセージが来たのは、木曜日の夜だった。つまり彩乃の誕生日。

ちょうどあのときは彩乃が風呂に入っていて、俺ははやる気持ちを抑えきれずにぐるぐるとリビングを徘徊《はいかい》していた。そんなときの、「相談に乗ってください」メッセージ。「分かった」とだけ返して、その夜は電源を切ってしまった。まあ翌日、きちんと返信し直して、今日の待ち合わせを決めたんだけど。

雁野が異動した部署の上席はあまり良い噂を聞かないし、仕事に関する悩みなら真摯《しんし》に聞いてやりたい。そう思っていたが、困り果てたような表情の雁野の口から出た言葉は、こちらの想定とは違うものだった。

「相談というのは、今、同棲している彼女のことで」

え？　そっちの方？

「お待たせいたしましたー」

驚いたそのタイミングで、店員が定食を持ってきた。

唐揚げと豚汁と小鉢にサラダ。上品に飾り付けられているがボリュームがあって、いかにも男が好みそうなランチセットだ。雁野は確か俺と四歳差だと言っていたから、まだ二十八歳。選択肢は肉しかない年頃だ。

「お前、同棲してたんだ」

互いに盆を受け取って、店員が個室の戸を閉めて去るのを見送ってから、話を再開する。

「大浦さんも知っている娘《こ》ですよ。去年の合コンで大浦さんのことを狙ってた彼女です」

「そんな娘《こ》、いたっけ？」

正直、覚えてない。

「――で、俺を狙っていた娘《こ》をお前が落として、同棲に持ち込んで今に至ると。それから？」

「来月、旅行に行こうって話になったんです。テレビを観てたら、たまたま彼女の出身地が映って、観光案内できるよって話になって」

「ふぅん」

豚汁を一口すすって、サラダに箸をつける。まずは野菜から。

「それで新幹線と宿の手配も全部済んだところで、彼女の親から彼女に連絡が来て」

話の雲行きが怪しくなったので、視線をサラダから正面に移す。そこには定食を前にして、手を付けずにいる雁野の姿があった。

「地元に同棲相手を連れて帰ってくるのに、挨拶もないのかって、彼女のお父さんが激怒してるらしくて」

「ああ、そうなるよな、普通」

「彼女の実家にも顔出すことになったんですけど、これ、このまま結婚ってなっちゃいますかね、俺……？」

「まあ、それもありだよなぁ」

唐揚げを食べ、ゆっくり咀嚼《そしゃく》した。下味に醤油が使われているようで、香ばしくて美味い。

「大浦さーん」

雁野が懇願するように声を上げる。

「彼女って歳いくつ？」

「俺の一個下の二十七です」

「適齢期だ。なんで同棲する前に結婚を意識しなかったんだ？」

「あのときは勢いで……」

「勢いで突き進めるのは、二十代前半までだろ」

「大浦さんが厳しい……」

泣き言を吐く雁野を正面から見据え、俺はにっこりと微笑んでみせた。

「だって俺、結婚するって決めたばかりだからな。今、幸せで色ボケしてるからさ。悪いな、雁野」

「ええーっ」

叫ぶ雁野。やっぱり個室を選んで良かったなぁと、ご飯を食べながらしみじみ思った。うん。米が美味い。

「お前もいい加減、飯食ったら？」

「食べますよ。ところで、大浦さん結婚って⁉　課員のみんなは知ってるんですか？」

「まだ。でも、本橋さんには勘付《かんづ》かれた」

「怖っ！　なんで？」

「俺が人事の変更届画面を開いてたから。ほら、家族構成入力するところ」

「……それ、わざとですよね」

「で、ランチ誘われたから、今日は雁野と一緒に食べるって言っといた。多分お前のところにメッセージ行くんで、よろしく」

「大浦さん……」

雁野が頭を抱えたあと、気持ちを切り替えるかのようにようやく定食を食べ始める。

「……あいつ、半年前に大浦さんに振られてますよね。まだ諦めてないんだ」

「態度で再挑戦仕掛けて来るのが、困るよね。お陰でこちらも回りくどい手を使うしかない」

社内でも美人で有名な彼女。自分の長所を武器にする頭の良さと自信を持っていて、告白してきたときもまさか俺が断るなんて想像はしていないようだった。虚を突かれたような表情をしていたもんな。その後も諦めてくれず、無言のアプローチというより、もはや精神的圧力を掛けて来るようになっている。

「俺、社内恋愛はしない主義なんだよ。なんかあったときに面倒だし」

「それが断り文句だとしたら、本橋の性格上、逆効果だったのでは。それなら私が落としてみせる的な」

「そういう気の強い娘《こ》も嫌いではないけどさ」

運命の人に出会っちゃったからなぁ。

彩乃の笑顔を思い出し、その言葉が浮かんだら、雁野がブフッと噴き出した。あれ、口に出して言っていたか、俺。

「あのクールなイケメン、抱かれたい若手上司ナンバーワンの大浦さんが、大浦さんじゃなくなってる！」

「だから絶賛色ボケ中って言っただろ」

「で、本橋のアプローチに心動かされなかった大浦さんを落とした彼女さんって、どんな人なんです？」

「どんなって」

問われて、つい眼の前の皿を見つめてしまった。

「ご飯を美味しそうに食べる人」

「はい？」

「あと酒も」

角打ちで再会したときの、一人で酒を飲んでいた彩乃。純粋に酒を楽しんでいて、見ているこちらの気持ちまで浮き立つようだった。彼女と食事を共にした場面は、全て笑顔で彩られている。

「俺、女性が綺麗な格好して、そこから香水のいい匂いがするのって結構好きだったんだよな」

「それ、本橋タイプですよね。いいじゃないですか」

「でも飯食ってるときに、香水は邪魔だなって思った」

彩乃を見ていて、そう思った。そしたら、本人も同じことを言ったんだよな。あれは驚いたけど、嬉しかった。

「美味い飯を一緒に食って、美味しいねって言って、んで抱きしめたときに初めて香水とか本人の匂いがするのがいい」

「……なんか、そんな表情で言われるとめっちゃエロくて、こっちが照れてくるんですが」

「どんな表情だよ」

ご馳走さまでしたと箸を置いて、お茶をすすって雁野を見る。さてと、惚気《のろけ》るのはここでお終いだ。

「それでお前の相談だけど」

「あ、はい」

「彼女と別れなよ」

「え……」

思い切り戸惑った表情の雁野に、俺は肩をすくめてみせた。

「だって同棲して一年弱経って、でも結婚したくないんだろ？　男はまだ遊んでいられるけどさ、このまま三十超えたときに別れたら、女の方が辛いよ。タイムリミットあるし」

「タイム、リミット……？」

「出産の。いくら高年齢出産の技術が進んだってハイリスクなことには変わりないし、体力とか老後とか考えたら、まずいでしょ」

「出産……」

いかにも初めて聞きました、という表情の雁野を見て、やっぱりなと思う。女性には悪いけど、二十代でそこそこ金持っていて遊びたい盛りの独身男なんて、こんなもんだ。

「十分楽しんだんだろ？　結婚という現実付きつけられて及び腰になってるなら、そろそろ彼女を放流してやれよ。キャッチアンドリリースでさ」

「そんな、ひとの彼女を魚みたいに」

「お前のじゃないよ。数年後には別の男の嫁だ」

そう言って、ニヤリと笑う。

「お前が別れたあとに、俺みたいな男が色ボケした台詞吐いて、彼女と結婚するんだ」

「……！」

弾かれたように顔を上げ、とっさに俺のことを睨みつけてから慌てて顔をそらす。明らかに動揺している雁野を眺め、またお茶を飲んだ。

「ま、これを機会に一度きちんと考えてみるんだな」

「……そうします」

深く息を吐き出したあと、雁野が猛然と残りの飯を食い始める。俺の話を聞いた程度でどうなるのかは分からないけれど、少しでもなにかのきっかけになればいいと思う。自分が今、精神的に充実しているせいか、微笑ましい気持ちで雁野を眺めてしまった。

「ところでお前のところのプロジェクトって、最近どう？」

せっかく個室で話しているついでに、懸念している事項について聞いてみる。

「結構ヤバいですね。あのまんまじゃ企画通らないんじゃないかって話で、業者にちょっと泣いてもらって、書類一枚噛ませることになりそうです」

「あー、やっぱり」

なんとなく予想は付いたがその通りの返答だったので、俺はあえて渋い表情で唸った。

「そう言っているの、目黒課長？」

「そうです」

「それね、法令遵守《コンプラ》に引っ掛かるから。目黒さん、やり方が古いんだよな」

「やはり」

雁野の表情も渋くなる。

「業者泣かすのは止めとけ。後々こちらの弱みになるだけだ。あと順番的に次に社内監査入るの、お前のとこだから。そこで必ず引っ掛かる」

「簡単には済ませられないってことですね」

「うん。どうせ目黒さんもアドバイスってだけで、明確な指示じゃないんだろ？　そういうとこ、やっぱ上手いんだよあの人」

「ああ、全部口頭ってそういうこと」

「だから、お前が止めろ」

すっと、眼の前の後輩を見据えて微笑んだ。目が合った途端に雁野がびくっとして、顔を強張らせる。

「俺、……っすか」

「できるだろ？　お前なら」

俺はそう信じているんだけどなぁ。

そんな気持ちを言葉に乗せて、言ってみる。雁野はまじまじと俺の顔を見つめると次第に真剣な表情となり、箸を置いた。そして背筋を正して、ゆっくりとうなずく。

「俺、……やってみます」

「うん、頑張って」

にっこり笑って励ましたら、雁野の顔から途端に緊張感が抜けた。

「大浦さん、ひとをその気にさせるのが上手すぎ。俺、大浦さんになら抱かれてもいいや」

「俺が嫌だよ」

速攻で断って、お茶を飲み切った。さあ、そろそろオフィスに戻らなくては。

オフィスに戻るとまた一件会議を消化して、その後レポートに目を通して、諸々の業務をこなすと、あっという間に十七時になった。会社に長居はしたくない。チームメンバーそれぞれの進捗状況を把握して、滞りなく進めていることを確認すると、俺はコートを掴んで歩き出す。

「大浦さん、この後」

「ごめん、急いでいるんだ」

本橋さんの呼びかけを遮ると、これみよがしにスマホをいじる。牽制パフォーマンスだったけど、お陰で一件メッセージが届いているのに気が付いた。送信者の名前は、鈴木翔太。

「ショータ……？」

俺の眉がピクリと上がる。ショータの余計な噂話から彩乃が誤解をして、お陰で俺がひどい目にあったのは先週のことだ。次に会ったら一発ぶん殴らないと気が済まない、と思っている相手からまさかメッセージが来るとは思わなかった。

メッセージの文面は、

『ちょっと頼みたいことあるから、電話ちょーだい』

とだけある。

「頼みだって？」

今度はこめかみがぴくぴくと動いてしまった。

会社のビルを出ると街路樹の下で立ち止まり、早速ショータに電話を掛けた。中学二年生で転校した俺がショータと再会したのは、大学に入ってからのことだ。異文化研究会という、なにをしているのかさっぱり分からないサークルの新歓コンパで自己紹介をしたら、駆け寄ってきたのがショータだった。以来付かず離れずで交流は続き、前回話したのは先月のこと。酔っぱらった彩乃をビジネスホテルで介抱した直後くらいだったはずだ。

今思い返すとあの頃の俺は少し油断していた。いや、焦っていたのかもしれない。その焦りが、ショータへのフライング結婚宣言になり、それが巡り巡って誤解につながった訳なんだけど。

「お。瑛士」

「なんの用だよ」

俺からの電話にワンコールで出たショータに向かって、低い声で聞いてみる。

「なんだよ、機嫌悪いのか？」

はははと笑い飛ばす口調に、またイラッとする。人の気も知らないで、この男は。

「で、なんの用だ」

こいつには言いたいことは色々とあるが、まずは頼みごととやらがどんなものなのかを知ってからだ。

「瑛士の会社にさ、独身の男いない？　ちょっと紹介したい、いい娘《こ》がいるんだけど」

「は？」

「瑛士、アヤって覚えてる？　中二のときにクラスが同じだった遠藤彩乃。あいつに男紹介したくて。ほらお前んとこの社員なら、優良物件だし」

「はぁぁぁぁ!?」

なに言ってるんだ、こいつは！

「え？　なに？　どうしたの、瑛士」

「彩乃は俺の結婚相手だよ！」

一瞬の沈黙。そして、

「え？　ええええええー！」

スピーカーから叫び声が聞こえて、俺はとっさにスマホを耳から遠ざけた。

「——いやいや、ごめんな。まさかそんな話になっているなんて知らなくてさー」

一通りの状況を説明すると、ショータは素直に反省をして謝ってきた。声がひたすら恐縮しているので、俺も少しずつ冷静になってくる。

「まあ、俺もショータに相手が誰か言ってなかったし」

俺にも反省すべき点はあったということで、怒りも収まり気持ちが落ち着いてくる。しかしそうすると、疑問が浮かんできた。

「なんで彩乃に男を斡旋《あっせん》しようとしたんだよ」

「新野真紀子って、覚えてる？　ほら、同じクラスだった奴」

「いや……？」

流石に十四歳の三ヶ月間だけ一緒だった級友、しかも女子なんて、全ては覚えていない。ショータもそれは分かっているらしく、さらっと流して話を進める。

「新野と偶然再会して、話の流れで俺の会社の後輩紹介したんだよ。そしたらあいつら本格的に付き合うことになってさ。浮かれた新野が、どうせならアヤにも男を紹介してやってくれと追加オーダーしてきたんだ。大浦君が結婚するって聞いたら動揺してたからって。アヤの奴、結婚願望がないって口では言ってるけど、せめて交際相手くらいは欲しいはずだって」

「ふぅん」

まさに誤解が生まれた瞬間の話か。つい低い声でうなずくと、スマホの向こうでショータが苦笑した。

「だからそのときは、お前とアヤが付き合ってるって知らなかったんだってば」

正確に言うと、その時点では付き合ってはいなかった。

「それでアヤに話持ちかける前に、まず紹介できそうな奴がいるかどうか確認しておこうと思ってさ。発端《ほったん》が瑛士の結婚話だったから、お前にも協力してもらおうと思ってメッセージを送ったって訳」

「うん。よく分かった」

ある意味、ショータが真っ先に俺に連絡してくれたのは幸運だった。これで俺の知らないところで彩乃の見合い話が進んでいたら、目もあてられない。

「とりあえず新野さんに、気遣いは不要だって言っておいてくれよ。そして詳しい話は彩乃から新野さんに連絡するからって」

「はいはい」

くすくすと露骨に楽しんでいる感を出して、ショータが笑う。

「なあ瑛士、正月休みとか近々会おうぜ。お前とアヤと新野と俺の四人で。二人が並んでるとこ見てみたいわ」

「彩乃に聞いておく」

素っ気なくそう返すと、また楽しそうに笑われた。

「彩乃、かー。言い方にめちゃくちゃ特別感出てるな。アヤによろしく。じゃあ」

そう言って、電話は切れた。

「なんだよ、それ」

なんとなく納得がいかずに憮然として、スマホを眺める。だいたいいくらクラスメイトだったからって、他人《ひと》の恋人をアヤとか気軽に連呼し過ぎなんだよ。

はぁ。と息を吐き出すと、歩き出す。

とりあえず家に帰って夕飯食って、落ち着いたら彩乃に電話をしよう。新野さんに事情を説明してもらわないと。

……彩乃に、会いたい。

土曜日までがひどく遠く感じた。

◇◇◇◇◇

今日は金曜日。クリスマスの夜。

夕飯の買い出しにスーパーマーケットへと出かけると、世の中の華やかで浮かれた空気にげんなりとした。ローストチキンのパックが並ぶ惣菜コーナーを見て、端に追いやられているサバの味噌煮をあえて手に取る。

クリスマス感ゼロ。今日の夕飯はこれに決めた。

愛おしい人に会いたいと思っても、その相手に用事が入っているのだから会える訳がない。明日には会えると言い聞かせるけど、それでも募《つの》る寂しさに正直、戸惑っていた。

まるで駄々っ子だ。少し前までは、彼女を失うかもしれないという怖さに竦《すく》んでいたくせに、いざ思いが通じ合うと、会いたいときに会えないことに苛立っている。自分がここまで人に対して執着するとは思ってもみなかった。

スーパーから出ると、真っ直ぐ自分の家に帰るのは躊躇われ、ふらりと駅方面に向かって歩いてみる。そして行き着くのは、

「お、いらっしゃーい」

「こんばんは。一杯だけ、いい？」

いつもの角打ちの酒屋だ。

「いいですよ。日本酒でいいですか？　ワインもあるけど」

「ワインも開けてるんだ」

「まあ、クリスマスですしね」

そう言いながら日本酒四種類と、ワインは白と赤の一種類ずつ、合計六本を並べてくれる。試しに赤ワインのラベルを読んでみると、俺でも知っているような分かりやすい、フランスの有名な産地のものだった。

「これ一杯五百円で提供って、安すぎない？」

「飲み屋ではないんでね。大浦さんたちは酒を購入してくれたり、うちの取引先のお店に行ってくれるから、ありがたいです」

「お陰で当たりの店ばかり開拓できて、こちらもありがたいですよ」

そう言ってお互いに笑って、ワインを飲む。濃厚な果実味が口の中に広がって思わず目を細めた。

「これ、美味い。買って帰ろうかな」

明日、彩乃と二人で飲もう。

「ありがとうございます。……今日はアヤちゃんとは待ち合わせてないんですか？」

「うん。明日会うから」

とここまで言ってから、あれと思って視線をグラスから上げた。ニコニコとした笑顔でこちらを見ている鈴木さんと目が合う。

「上手くいったようで、良かったです」

関係に変化があったことを読まれている。まあ、ずっと彼の前で彩乃を口説いていたのだから、当たり前か。

「協力してもらって、ありがとう」

それだけ言ってグラスに口を付ける。にやけた自分の口元を隠したつもりだけど、それだけでは隠しきれてなかったらしい。鈴木さんがさらに微笑んで俺を見ていた。なんだか親戚のおじさんに見守られている甥っ子の気分だ。

「せっかくなんでお祝いに、この試飲セットをプレゼントしますよ」

そう言って、透明なラッピング袋に入った、赤ワインのミニボトルとチョコのセットを手渡された。封をするシールにはメリークリスマスと金色で書かれている。

「アヤちゃんと、どうぞ」

「……どうも」

素直に受け取るものの、なんとなく解《げ》せない。なぜみんな彩乃のことを気軽にアヤと呼ぶのか。ついそんなことを考えてしまったら、くすくすと笑いながら鈴木さんに聞かれてしまった。

「呼び方、気になります？」

「あ、いや……」

「以前ね、お二人がここで待ち合わせてしたときに珍しく彼女の方が先に来たので、なんて呼べばいいのか聞いてみたんです。ずっと『お客さん』呼びだったので。そしたら、アヤでいいですって言われて。いいんですかって聞き返したら、普段皆からはアヤと呼ばれてるからって」

「そう」

本人がそう呼んでくれと言っているなら、俺が止める筋合いはない。自分の子供っぽい独占欲を指摘されたようで、少し恥ずかしくなる。本当に彩乃のことになると、心が狭くなってしまう。

「その後に大浦さんが来てアヤちゃんのことを彩乃って呼んだら、嬉しいのと若干照れているみたいな、くすぐったそうな表情になってね。大浦さんに名前を呼ばれるのは、彼女にとって特別なことなんだろうなって思いました」

「え」

鈴木さんの言葉に不意打ちを食らい、思わず声が漏れた。

「アヤちゃん、いい娘《こ》ですよね。末永くお幸せに」

にこやかな口調ながらも、遊びで終わらせるなよという圧をかけてくる。親戚のおじさんは、俺のじゃなくて彼女の方だったか。

「一生かけて幸せにしますよ」

そう宣言すると俺はワインを飲み切った。

「ごちそうさま。また来ます」

「次は来年ですかね。その前に注文あったら承りますんで。良いお年を」

「そうか、そんな時期ですね。良いお年を」

そうして、購入したワインやサバの味噌煮を抱えて、家に帰る。一歩歩くたび、一秒経つうち、彩乃の姿が浮かんでは消え、胸が疼く。まるで禁断症状だ。

苦笑しながらソファーに深く沈み込むと、スマホを手に取る。明日の待ち合わせ場所と時間を変更してもらうため、俺は彩乃へメッセージを送った。

◇◇◇◇◇

翌日の昼下り。彩乃の住む街の駅に俺は降りた。

十八年前に自分も住んでいた街。当時の家とは中学校を挟んで反対側にあるこの駅を利用した回数は、意外と少ない。それでも記憶の片隅に風景は残っていて、懐かしい気持ちが沸き起こる。俺は散歩をするようにゆっくりと辺りを見回しながら、彼女の家へと向かった。

駅から真っ直ぐ伸びるバス通りを進んで、信号を四つほど越えた辺りで右に折れる。地図アプリの誘導にしたがって住宅街を右へ左へと進んでいくと、遠藤という表札の一軒家を見つけた。小さく息を吸って吐いてから、チャイムを鳴らす。奥からはーいという声が聞こえて、ドアが開いた。

「……初めまして。あなたが瑛士さん？」

彩乃を少し小さくして、もう少し丸いフォルムにした女性がにっこりと微笑んで、俺を見つめた。

「大浦瑛士です。初めまして」

そう言って頭を下げる。

「お母さん！」

ぱたぱたと廊下を走る音がして、彩乃が飛び出してきた。今日はこのまま俺の家に泊まるせいか、大きめのバッグを抱えている。彩乃の母はそんな娘を気にする風でもなく、マイペースに俺を招き入れた。

「さあどうぞ上がってちょうだい」

「そんな時間はないから！　今日は迎えに来てくれただけなの」

彩乃が慌てて止める姿に、つい笑みが浮かんでしまった。俺が昨夜突然に送った『家まで迎えに行くよ』というメッセージ。突然の宣言だったのに、拒否する選択が彼女の中になかったのが嬉しい。

「あらそうなの？」

彩乃の母親に小首をかしげて聞かれたので、こちらもにこりと微笑んで返答した。

「残念ながら。また日を改めてきちんとご挨拶に伺わせていただきます」

このまま一気に話を押し進めたい気持ちはやまやまだけど、流石にこれ以上彩乃に心理的な圧はかけたくない。

「そう。それなら彩乃、お父さん呼んできて」

「えー」

「ほら早く」

渋々奥へ引っ込む彩乃の後ろ姿を目で追うと、すぐに男性が一緒にやって来た。

「初めまして。彩乃の父です」

「大浦瑛士です。お嬢さんと真剣にお付き合いさせていただいております」

そう自己紹介をして、頭を下げた。

「そうなのか？」

「うん」

確かめられて、目をそらしながらうなずく彩乃が可愛い。つい見惚れたら、くすくすと笑い声が聞こえた。

「今日はこのまま彩乃と出かけるんですって」

「忙しないな」

「いいでしょ！　今日は本当に迎えに来てくれただけなの」

焦った表情の彩乃。その姿に罪悪感を覚え、素直に謝った。

「すみません。迎えに行きたいって俺が我が侭言ったんです」

早く会いたくて。待ちきれなくて。

口に出して言わなくても、気持ちは伝わるらしい。彩乃の両親は顔を見合わせると、苦笑するような、それでいて優しく見守る表情で俺と彩乃を見た。

「……元旦には彩乃の弟一家の光章《みつあき》たちも帰って来る。瑛士君も都合がつくようなら来るといい。そのとき、きちんと話をしよう」

「はい。よろしくお願いいたします」

そうして遠藤家を後にした。

「心臓が、バクバク言ってる……」

駅に向かって歩きながら、彩乃のお泊りセットが入っているバッグを代わりに持つと、小さな声で抗議された。こちらを上目遣いで睨みつける目元が赤くて、ちょっと潤《うる》んでいる。

「ごめん彩乃。だからそんな目で俺を見ないで」

「なんで」

「別のところに連れ込みたくなるから」

「はいー？」

まさかそんなことを言われるとは思ってもみませんでしたと言わんばかりの反応に、笑ってしまう。彩乃は本当に、自分の魅力を分かっていない。

「ほら、早く行きたいんだろう？　どこに行くのかそろそろ教えてよ」

元々の待ち合わせは、この路線の終着駅。高層ビルの建ち並ぶ繁華街だった。クリスマスプレゼントに欲しいものがある、と言ってここを指定してきたけど、彩乃の欲しいものってなんなのだろう。

「瑛士には退屈かもしれないけど、水族館に行きたくて」

「水族館？」

予想もしなかった場所を言われて繰り返す。確かにこの街のランドマークである高層ビルの最上階に、有名な水族館はある。だけど水族館なんて、子連れや学生カップルの初々《ういうい》しいデートコースというイメージで、ピンとこない。

「意外だって思ってる？　それが結構面白かったの。夏に一人で行ってみてね、自分の好きなペースでクラゲとかカワウソとかペンギンを見てたら、なんか楽しくなっちゃって。また来てもいいなって思ってたら、年間パスポートがあるって知って、行けば行くほどお得だなって思って」

　そして俺を見上げて嬉しそうに笑う。

「年パス、クリスマスプレゼントにおねだりしてもいい？」

　それでいいの？

　と突っ込みを入れそうになったのを、慌てて心の中だけに留めた。過去に付き合った彼女たちに強請《ねだ》られたものは、服とかバッグとか貴金属とかが常で年パスは初めてだ。そしてこんなに純粋に欲しい！　という表情をされたのも。

「年パスをもらったら、彩乃はどんなときに水族館に行くの？」

「どんなときって、それはもうふらっと思いついたときに」

　試しに聞いてみたら案の定、一人で行こうとしている。彼氏と一緒に行くという発想は、彩乃にはないらしい。

「俺の分と合わせて買うよ」

　そう宣言したら、不思議そうな表情をして聞き返されてしまった。

「瑛士もふらっと行くの？」

「一人じゃ行かない。でも彩乃となら、一緒に行く」

「あ……」

言われて、自分の考えが基本的におひとりさま行動だったことにようやく気が付いたらしい。彩乃の視線が揺れた。

「だからなるべくなら俺も誘って」

「……うん。分かった」

俺の言葉に照れたようにうなずく彩乃を見て、満足の笑みが浮かんでしまう。彩乃はもっと、俺に愛されているのだということを分かってほしい。今まで、こんな目を離したすきに独りでどこかに行ってしまうような人を好きになったことはなかった。彩乃に好きになってもらうために散々足《あ》掻《が》いたけれど、思いが通じ合っても油断はできない。つくづくなにもかもが、初めてのパターンだ。

「よし。プレゼントが決まったから、早く行こう」

「そんな急がなくても」

「でも休日午後の水族館なんて、混んでるだろうから」

そうして手をつなぎ、二人で目的地へ向かった。

付き合いのつもりで行った水族館は、意外なことに面白かった。

クラゲだけを集め、幻想的にライトアップされた水槽は、いつまでもゆっくりと見ていたくなる。

そういった考えを見越してなのか、壁際がベンチになっていた。高層ビルを背景に泳ぐペンギンも、見せ方が工夫されていて飽きがこない。それ以外の生き物も生態などが分かるように展示され、興味をそそられた。

「面白かったね」

満足感たっぷりの笑みを浮かべて彩乃がうなずく。そんな彼女を眺めて、俺も素直にうなずいた。

「うん。楽しかった」

確かに、期待していなかったぶん面白くはあった。

「展示方法とか施設の設備とか、色々と工夫しているんだな。年パスもリピーター客獲得のためには有効だと納得したし。子供の頃には気にもしなかったけれど、こうしてあらためて見ると、面白かった」

「肝心の生き物の方も興味持ってよ。一番大きい水槽にいるウツボ、前回私が見たときと同じ場所に同じ格好でいたの。多分、あそこが指定席なんだよね。次回行ったときも同じところにいるか、確認しなくちゃ」

瞳を輝かせながら次回についてを語る彩乃にしばらく見惚れる。そしてやっぱり、行くなら二人の方がいいなと思った。

「彩乃、行くときは俺のこと忘れないで」

「忘れませんー」

「本当に？」

「信用されていない！」

そうしてむくれる彩乃を見て笑う。なんということのないやり取りがとても楽しい。

自分にとって水族館は、彩乃と一緒に行かなくては意味のない場所なんだ。鈍い彩乃にそれを分かってもらうのには、まだ時間はかかりそうだけれど。

「……もう夕方だけど、夕飯はどうしようか？」

「その前に、瑛士のプレゼントは？　買いに行かないの？」

すかさず彩乃が聞き返してくる。

やっぱり忘れていなかったか。と思いつつ、その話題はこちらの都合で流すことにする。

「うん、それはまた後でね」

「後で、って」

「それよりお腹空いたけど、なに食べる？」

飯食う以外の選択はありません。という気持ちでいたら彩乃が折れた。

「行きたいところがあるんだけど、そこでいいかな？」

そうして連れて行かれたのは、お好み焼き屋だった。

「広島お好み焼き……？」

「大阪名物を謳《うた》っているお店は結構あるけど、広島をメインにしているところって意外と少ないのよね。私、この街に来るとどうしてもここのお好み焼き食べたくなっちゃって」

本当に食べたかったらしく、表情が生き生きとしている。それならそれでまあいいかと、俺も素直に楽しむことにした。一日遅れのクリスマス・ディナー。格好をつけてどこかのレストランで食べることはいくらでもできた。けれどそんなことをしても、今この瞬間の彼女の満足そうな笑顔と同等のものは得られそうもない。

二人ということで、鉄板のあるカウンター席に通される。まずはビールで乾杯すると、ツマミをつつきながら店員が目の前でお好み焼きを焼いてくれる様子を堪能した。キャベツや具材を乗せた生地をひっくり返してから完成させる広島式は、自分では作れそうもない。できたてを目の前にして、彩乃の瞳が輝いていた。

「幸せそう」

彼女の表情をツマミにして、ビールを飲む。

「うん。お好み焼きって、人を幸せにする食べ物だよね」

そして一口食べるとふふっと微笑み、彩乃はこちらを真っ直ぐ見た。

「でも瑛士と一緒だから、余計に美味しい」

不意打ちをくらった。まさかそんなことを言われると思わなかった。

「俺も」

ビールをこぼさないようそっと置き、辛うじてそう返す。今度はなぜか彩乃がうろたえて赤くなった。

「あー」

「え、なんでそこで照れるの」

「いやなんかこの流れって、いかにもカップルの会話だなと思って」

「なにを今更」

なんの会話をしてるんだ、俺たち？

こそばゆく思いながらも、心地いい。二人で笑い合ってそうして、自分の心に浮かんだ言葉がそのまま口をついて出た。

「彩乃と再会できて、彩乃が独りでいてくれて、本当によかった」

もし彩乃が結婚していたら、俺は諦めることができたんだろうか？

「……まあ独身なのはね、お互いにそれなりの過去はあるよね」

つぶやく彩乃の視線が遠い。誕プレの失敗から消極性を学んだ彼女のことだ。元カレもろくでもない奴の気配しかしなかった。営業職でコロンの匂いがキツイってどういうことだ。生涯独身を決意した背景に過去の失恋体験が透けて見えるけど、それを詮索するつもりはなかった。キャッチアンドリリースの精神だ。むしろ彼女を放流した男に、ありがとうと言ってやりたい。

「俺は、彩乃にこのタイミングで会えてよかったと思うよ」

彩乃の過去に俺の知らない恋愛があったように、俺の過去にもそれなりの経験があった。タイミングがずれていれば例え出会えていたとしても、こうした付き合いに発展しなかったかもしれない。

「本当だね」

そう言って微笑みながらお好み焼きを頬張る彩乃を心から愛おしいと思う。彩乃の誕生日、そして思いが通じ合った日から一週間。ふわふわと浮ついた気持ちでいたけれど、ようやく今、俺たちが付き合っているんだと実感が湧いた気がした。

お好み焼きも食べ終え、ほろ酔い気分で店を出ると、俺たちは地下鉄を乗り継いで俺の家へと向かった。

玄関を開けると、人の動きに反応してライトが点く。扉が閉まるのと同時に、俺は彩乃を抱きしめた。足元にバッグが落ちる。

「え？」

戸惑う彩乃を壁に押し付けるように囲い込むと、口付ける。柔らかい、唇の感触。それを愉しむように何度も繰り返し口付けてから最後に甘噛みをする。うっすらと口が開いたところにすかさず舌を滑り込ませ、歯列をなぞり、上顎をくすぐってから絡ませた。

「ん、ふぅ、んっ？」

彩乃が口の中に気を取られている隙に、右手を腰に、左手は首筋に這わせなぞり上げる。びくびくと反応する体。柔らかい抱き心地に、自分の中の欲望があっという間に高まっていく。

「瑛士？」

ぷはっと息継ぎをするように唇を離すと、戸惑った表情の彩乃が俺を見つめた。そんな彼女の瞳を真っ直ぐ見つめ返し、自分の気持ちを吐露する。

「一週間、我慢した。彩乃に会いたくて、会えなくて。だから」

今度は耳たぶを甘噛みすると、そのまま彼女の耳に息を吹き込むようにして、囁いた。

「俺にご褒美を、ちょうだい」

「あっ、んっ……！」

俺の声に反応し、体を震わせる彩乃が可愛い。すでに首まで赤くなり、壁にもたれていないと立っていることすらままならない、腰のくだけた状態だ。俺はそんな彼女をうっとりと見つめると、また唇をついばんだ。

「彩乃」

「だ、め。瑛士……」

鼻にかかった甘い声。力の抜けた体。潤んだ瞳。その全てが俺を誘っているようにしか思えない。

「彩乃」

コートの中に手を伸ばし、スカートのウエスト部分からセーターをかき分け、インナーの下に潜り込み、脇腹の素肌に触れた。

「ああんっ」

彩乃の体がまたびくつく。俺の動きに反応している。ささやかな征服欲が満たされて、そしてよりいっそう刺激された。前回付けたキスマークを思い出し、首元に顔を埋める。

「彩乃」

「だっ」

彼女を感じたくて思い切り息を吸ったら、とんっと胸に軽い衝撃を受けた。

「駄目ーっ」

思わぬ拒絶に驚いて顔を上げると、真っ赤な顔のまま、困り果てたような表情でこちらを睨みつける彩乃と目が合った。

「だって私、お好み焼き臭い」

「え？」

一瞬動きが止まり、ほんの少し冷静になる。ふわりと、今まで気にもしていなかったお好み焼きソースの香りが立ち上った。

「……彩乃だけじゃなくて、俺からも同じ匂いがするはずだけど」

それに、彩乃からは彩乃のいい匂いもちゃんとしている。というか、それしか嗅ぎ取っていなかった。

「そういう問題じゃないの」

むくれた表情で、彩乃が反論する。なんだか可笑しくなってきて、くすくすと笑いながら彼女の鼻の頭に音を立てて口付けた。

「分かった。それなら、匂いを消さなくちゃね」

「えー」

思い切り訝しむ表情の彩乃の手を引き、ようやく玄関先から家の中へと上がっていく。匂いを消したいのなら、まずはお風呂に入らなくては。

ということで、数十分後——

「や、あんっ、あん」

ぱちゃぱちゃと水音を立てながら、彩乃と俺は湯船に浸かっていた。お互いに向き合って、彩乃が俺の腰をまたいでいる。

彼女の乳房を思う存分揉みしだき、乳首を舌で転がしながら吸ってゆく。俺の陰茎には彩乃のクリトリスがあたり、互いに扱きあうように腰が動いていた。水の中だというのに、ぬるぬるとした滑りで気持ち良い。

「ん、彩乃」

乳首を吸いながら口から離すと、誘うように舌を出した。それを見た彩乃が応えるように舌をつき出す。お互いの舌先を絡ませる。とろんとした表情の彩乃が赤い舌を見せている姿は煽情的《せんじょうてき》で、興奮がいやがうえにも高まった。乳房を揉んでいた手をゆっくりと後ろに回し、彩乃の背骨をたどって後ろから膣に指を這わす。これからすることを教えるようにぐるりと会陰をなぞると、指を中に入れた。

「あっ、あっ、瑛士」

彩乃が俺の首に抱きついて声を漏らす。うん。今度の「瑛士」は拒否ではなくて、誘っている。彩乃の気持ち良いところを探りながら、ゆっくりとほぐすように指を動かした。

「んっ、あ」

もどかしそうに、彩乃が首を振る。中は感じにくくて、この程度の指の動きでは最後までイケないことは把握済みだ。こちらの開発は今後のお楽しみということで、先ずは一回、彩乃を気持ちよくさせたかった。

「こっちも触るよ」

耳たぶを甘噛みして囁くと、空いているもう片方の手を前に持っていった。お互いの股関部が触れ合う隙間から指で探り、ぷくりとした彼女の突起をそっと撫でる。ぱしゃんと湯船のお湯が大きくはね、彩乃が高い声で喘いだ。

「ああっ」

びくつく彼女をなだめるように口付けながら、前からクリトリスを、後ろから膣をいじって快楽を高めてゆく。彼女の背中がぴんと伸びて、小さく小刻みに震えだした。

「イッちゃう、あん、イッちゃう」

「うん。イッて、彩乃」

「んーっ」

びくんと大きく震えてから、彩乃の体から力が抜け、俺にもたれかかった。そのままよしよしと背中を撫でつつ、肩まで湯船につかる。本当はこのまま挿入したいところだけれど、それは我慢だ。

一通り温まったところで湯船から出て、バスローブに彩乃をくるむと、ドライヤーで髪の毛を乾かした。お返しに俺の髪の毛も乾かしてもらい、寝室へ行く。彼女をベッドに座らせると、俺は机の上に置いてあった宅配便の段ボール箱を取り出した。

「クリスマスプレゼントなんだけど、リクエストがあって。……彩乃にしてほしいことがあるんだ」

「うん？」

「これ、着てくれるかな」

「へ？」

事情がのみこめずに戸惑う彼女に箱を手渡す。見た目は大きいけれど中身は軽い段ボール。すでに一度開けてあるので、特に苦もなく彩乃は蓋を広げた。

「これ……」

箱に入っていたのは、ベビードールと呼ばれる下着のセットが三着。

「彩乃に似合いそうなの、俺が選んだから。とりあえずその中から今着たいのを彩乃が選んで、着てくれる？」

にっこり微笑んで、そう言いきる。

「……これを着るのが、プレゼントなの？」

「というか、これ着て俺におねだりするのが、プレゼント」

「はあ!?」

つまり、プレゼントはわ、た、し。ってやつだ。と最後まで言わなくても意味は通じたようで、彩乃が一気に動揺して真っ赤になった。

「なんでそんな馬鹿なこと考えるのーっ？」

「馬鹿だなんて、ひどい。男のロマンでしょ」

「なに思春期こじらせた男子みたいなこと言ってるのよ」

真っ赤になりながらも彩乃の口からぽんぽんと出てくる否定の言葉。それに対してわざとむっとした顔をしてみせて、折れるつもりがないことをアピールする。

彩乃の性格上、この手のものを好んで身に着けることがないのは分かっていた。義姉《シルヴィア》からもらった下着を隠すように持ち帰ったことから見ても、それは明らかだ。でも、彩乃は肝心の男心を分かっていない。たとえ義姉といえども他人が彼女に贈った下着を、また持ってきてくださいとお願いする男がいるだろうか。

「やっぱり、自分が選んだ下着を身に着けてほしいし、それでおねだりされるのって最高のプレゼントだと思わない？」

「……エロおやじ」

「上等」

ニヤリと笑うと、彩乃がはぁとため息をついた。それからギュッと目をつむってしばらくなにかを考えると、目を開けてこちらを睨む。

「後ろ向いてて。着替えるから」

ぶっきらぼうに言うけど、上気した頬や潤んだ瞳など、彩乃だって十分その気になっているのは分かっている。俺はあえてなにも言わずに、素直に後ろを向いた。袋を開ける音や、バスローブを脱ぐ音、下着の衣擦《きぬず》れの音が聞こえる。そしてしばらくすると、彼女の緊張してちょっとかたくなった声が聞こえた。

「もう、いいよ」

その言葉にゆっくりと振り返る。ベッドの前で目線をそらし、所在なさげに立っている彩乃がいた。

水色のベビードール。白いレースに縁取られていて、三着の中では一番清楚なイメージだ。やはりこれを選んだかと予想が当たったのと、彩乃によく似合っていたことが嬉しくて、俺は素直に微笑んだ。

「彩乃、可愛い」

そうして彼女を抱きしめると、そのままベッドに倒れ込む。

「ん……」

唇を合わせ、舌で彼女の口内を蹂躙《じゅうりん》する。びくびくと反応する彩乃についそれ以上先に進みたくなってしまうけれど、せっかくのチャンスを自分でなしにしたくはない。俺は横たわる彩乃の頬をひと撫でずると、ヘッドボードにもたれかかった。

「さあ彩乃、これからどうするの？」

そうして眼の前の恋人に微笑みかけた。

ゆっくりと上半身を起こした彩乃の表情が、最大限に渋っている。でも顔が真っ赤なので、照れた反動なのは明らかだ。

「これがプレゼントって、絶対に解せない……」

「本当に彩乃は分かっていない」

「分かっていないのは、瑛士の方」

そう言うと、彩乃がずいっと俺にまたがってきた。

「え、」

おねだりしてとは言ったけど、どんな風にされるかは考えていなかった。意外にも積極的な彼女の行動に戸惑いながら、ただ見守る。彩乃は真剣な表情で俺のバスローブを脱がすと、指先で体をなぞり始めた。

「わざわざ特別なプレゼントにしなくても、私はとっくに瑛士のものなのに」

そして俺の両頬を手で包み込むと、チュッと口付けた。

「私だって、瑛士が欲しい」

なぜか怒った口調で、挑戦するかのように俺を睨みつける。色っぽさは多少難ありだけど、正面から直球で来る姿勢が嬉しい。こんなおねだりをしてもらえるのって、最高のプレゼントじゃないか。

「うん。全部あげる」

身も、心も。俺のこと全部。だから彩乃のこと、味わわせて欲しい。

両手でそっと彼女の頬に触れ、ゆっくりと口付けを返す。そのままぎゅっと抱きしめると首筋に顔を埋め、深く息を吸い込んだ。

「いい匂いになった」

彩乃の、匂いだ。

「瑛士もいい匂い」

お返しとばかりに俺の耳たぶを甘噛みして、彩乃が囁く。そんな彼女の体をベビードール越しになぞっていく。さらっとしているのに柔らかな感触の布地が肌と擦れるたび、彩乃の体がびくびくと反応した。

「いっぱい気持ちよくなろう、彩乃」

勃ち上がり、布を押し上げ形を見せる乳首を指先でくにくにと弄ってみる。

「んっ」

短い喘ぎ声と共に腰が揺れる。そのまま布ごと乳房にかぶり付き、乳首を唇で挟んだ。やわやわと刺激をあたえながら、唾液をまぶしていく。口を離して眺めてみれば、湿った布地が勃ち上がった乳首にピタリと貼り付いていた。透けて肌の色も見えるのもいやらしくて良い。

「いい眺め」

「もう、恥ずかしい……」

そう言いながら顔を隠す彩乃を抱きしめて体勢を変え、ベッドに横たわらせる。それからそっと手首を掴んで顔から外すと、そのまま枕の横に押し付けて固定した。

「恥ずかしがる顔も感じている顔も全部見たいって、この前言わなかったっけ？」

耳元で囁くと、びくっとしてから涙目で睨んでくる。

「覚えてない」

これは思い出した表情だ。なんて分かりやすくて可愛い反応なのか。それがどんなにこちらを煽ることになるのか、彩乃はやっぱり分かっていない。

「じゃあ、何度でも言ってあげる。顔を隠さないで。声を抑えないで。俺に全部さらけ出してよ、彩乃」

「ひゃぁっ、あんっ、あっ」

片方の手で胸を揉みしだきながら、もう片方の手を脚の付け根におろしていく。目的地に着くとすでに布地から愛液が滲み出ていた。指でそれを確かめると、俺は上半身を起こして彩乃の膝頭を押さえ、左右に割り開く。

「こっちもいい眺め」

ショーツはレースのTバックで、すでにぐっしょりと濡れていた。そこにゆっくりと顔を寄せると、指でショーツの位置をずらし、舌先を近づける。あともうちょっとというところで動きを止めて上目遣いで彼女を見ると、目が合った。

「……意地悪」

ひくんと彼女の秘肉が震える。思わず満面の笑みが浮かんで、目の前の美味しそうな果実にかぶり付いた。滴る愛液をすすり上げ、舌でクリトリスのぷるんとした感触を楽しみ、指を彼女の中に入れてゆく。いやらしくていい匂いが彼女から立ち上っている。

「あっ、あっ」

指を飲み込んでうごめく膣。さっき湯船でイカせたので、すっかり体ができ上がっている。指を三本に増やし、回しながら膣を出し入れする。中のざらついた部分を重点的に攻め、クリトリスを舌で嬲ると、指を抱き込むようにそこがきゅっと締まった。

彩乃の声が高くなる。腰が浮いて、絶頂が近いことを教えてくれる。細く長い悲鳴のような声が漏れ、びくんと大きく体が震え、そこから断続的に痙攣した。

「……彩乃、イッちゃった？」

起き上がり、抱きしめ直すと、目尻に溜まった涙を吸い取る。

「うん」

うなずくと、俺の肩におでこをつけてぐりぐりと擦り付けてくる。甘えた猫のような仕草をしばらくすると彩乃はゆっくりと顔を上げて、俺を見つめた。

「でも、足りない。瑛士が、……欲しい」

そう言ってから俺に顔を見られないように、ぎゅっと抱きしめてくる。

「ちょっと待ってて」

抱きしめ返してから体を離すと、手早く避妊具を着けてベッドに戻る。彩乃が俺の腰に脚を絡ませ、いつでも受けいれられるように体勢を整えた。そんな彼女の額に口付けると、俺はショーツをずらして、先端を彼女の入り口に合わせる。せっかくのベビードールだ。このままで、愉しみたい。

「入れるよ」

囁いてからつぷりと中に入ってゆく。彼女の体温が自分のモノでダイレクトに感じられる。

「あ、ああっ」

彩乃が俺を抱きしめる力も強くなる。まるで待ち構えていたかのような反応が、嬉しい。自分の中の欲望が一気に膨れ上がり、つい強引に一気に奥まで突き入れてしまった。

「えいじ……えいじ！」

舌っ足らずな口調で、彩乃が俺の名を呼ぶ。

「うん、彩乃」

呼び返すと、また中がキュンとうごめいた。そんな彩乃の正直すぎる体の反応に、俺の欲望も必然的に高まっていく。なんとか持っていかれないようにいったん腰を引くと、わざと入り口の浅い部分で抜き差しを繰り返した。

「あん、あんっ、瑛士、瑛士」

うわ言みたいに俺の名前を繰り返し呼ぶ彩乃。神経を集中させて、その声の調子、体の反応から一番いいところを探ってゆく。

「ね、もっと、奥に……」

彼女のとぎれとぎれのお願いに、腰を掴んで持ち上げて、ぐいっと深く入れた。片手でクリトリスをいじりながらそのまま小刻みに自分の腰を動かして、彼女の中を刺激する。

「ああ、それ、駄目……、イッちゃう……」

彼女の締め付けがさらにキツくなって、そろそろ絶頂を迎えるのが分かった。それに合わせて俺も大きく腰を振る。結合部から絶えず聞こえる湿った音と、肉と肉がぶつかる音、そして喘ぎ声。

「あーっ」

叫び声と一緒に大きく彩乃の体が跳ね上がる。中もギュッと締まり、そこからビクビクと断続的な反応になった。そこにさらに俺も挿入を繰り返す。自分の中、一点に集中したものが、出口を求め張り詰めている。

「駄目。もう、イッてる、イッてるの」

「彩乃。俺も……！」

ぐっとせり上がる欲望がさらに膨れて、弾けるように押し出された。

「彩乃！」

愛する人の名を呼んで、奥を突いて吐精する。理性も本能も、全てが一緒くたになった快感に身を委ねた。

「んーっ」

受け止めた彩乃の体から、力が抜けた。俺はそんな彼女の体を黙って抱きしめたまま、息を整える。

快楽の波がおさまると腕の力を緩め、彩乃の顔を覗き込んだ。まぶたが重くなって、今にも眠りそうになっている。軽く口付け、彼女の中から自身を引き抜く。手早く避妊具を外すと、彼女の体をそっと起こした。

「彩乃、これ脱ごうか」

「へっ？」

今まであえて着たままだったベビードールを脱がせて、一糸まとわぬ姿にする。そしてお互い裸のままで、またぎゅっと抱きしめた。肌と肌の触れ合う感触が心地よい。

「えっと、これは……？」

戸惑いながらも、抱きしめ返してくれる彩乃。試しに腰からお尻にかけて撫でたら、小さく「んっ」と反応してくれた。まだ快楽の余韻は続いている。そして拒否される気配はないから、大丈夫だな。

「ベビードールはこれで十分堪能したんで、次は通常に戻ろうかと」

「え？」

「あんまり触ってあげられなくて、ごめんね。これからもっと気持ちよくなろうか」

「ええーっ？」

反論される前にと口付ける。それでもやはり同意はほしくて、口の中で舌先をそっと突付いた。一瞬の躊躇いの後、彩乃の舌が絡んでくる。お互いにせわしなく舌を動かすうち、どちらからともなくくすくすと笑いが漏れた。

「瑛士」

「ん？」

「一緒に、幸せになろうね」

彩乃の、柔らかい笑顔。見惚れてから、敵わないなと素直に思った。

俺の幸せは、彩乃が一緒にいて初めて得られるもの。

「彩乃、一生側にいて。そして、一緒に幸せになろう」

耳元でそう囁く。彩乃が小さく「うん」とうなずいた。そんな彼女の額に、こめかみに、まぶたに、鼻の頭に、顔中の至るところに口付けを落とす。

「とりあえず、今の幸せを実感するために」

そう言いながら彩乃の体を指でなぞる。吐息が漏れて、彼女の腕が俺の首に巻き付いた。

ああ、そうだな。

彼女の体を堪能しながら、心の底から思った。

幸せって、こういうこと。

第八章

　気が付くと、一年で一番寒い二月になっていた。

って、あれ？　一月はどこに？　正直ここまでの日々が濃すぎて、ところどころ記憶が抜けている。

　去年の九月に瑛士と偶然再会し、久しぶりの交流復活を歓《よろこ》び楽しんでいたはずが、いつの間にやら彼が運命の人になっていて、結婚を前提としたお付き合いがスタートした。お正月は元旦から私の家に瑛士が来て、そして私もお返しのように瑛士の実家に行き、いわゆる顔見せ的なご挨拶も済ませてしまった。半年前の私にタイムマシンで会いに行ってそんなスケジュールを語ったら、きっと口がぽかんと開いて変なうめき声をあげるだろう。人生って、何が起こるかわからない。

「本当にねー。まさかアヤと大浦君がくっつくなんて、中学二年生のときの私は想像もしなかったわよ」

「私もだよ」

　正面にいる真紀ちゃんにうんうんとうなずきながら、ハイボールをぐびりと飲んだ。今日はショータ君のリクエストにより、ショータ君、真紀ちゃん、瑛士、そして私の四人で新年会を小料理屋でやっている。元々は正月休み中に俺ん家でやろうぜってショータ君からお誘いしてもらったんだけど、小学校お受験を控えた年長さんに乳幼児を抱えたご家庭の正月に乱入するなんて、恐ろしくてできなかった。しかも私たちは奥さん側の友達ではなく、旦那側の友達だ。うかうかと奥さんのテリトリーに踏み込むわけにはいかない。そんなこんなで日程調整を重ね、二月最初の金曜日に新年会開催となったのでした。

「それにしてもいい店だね、ここ」

　飲んでいたグラスを置いて、真紀ちゃんが店内をぐるりと見まわして言う。さして広くもない店内の、奥のお座敷。そこに通されているけれど、障子は開け放たれ店内を一望できる。壁際の冷蔵庫とカウンターにずらりと並んだお酒の瓶。寡黙な大将が料理を作り、ちゃきちゃきした奥さんがそれを出している。カウンター席と座敷以外に四人掛けのテーブル席が四つあるけれど、訪れるお客さんはおひとりさまか二人連れがメインで、ゆっくりと料理とお酒を楽しむ空気に満ちていた。

「はい、お待たせしました。刺身五点盛りでーす」

　そんな声と共に、大皿に盛られた刺身が出てくる。

「あれ？　これ、五点じゃなくて八点ありますけど」

「ふふ。サービスです」

「おおー。いいなこの店！　瑛士、いいとこ知っているなぁ」

「まあね」

　ショータ君の賞賛に瑛士が鷹揚《おうよう》にうなずく。横目でそれを見ていると、目が合った。選んだお店を褒められたのが嬉しくて、お互いに笑みを浮かべる。

ここを知ったのは、鈴木酒店とその常連さん、ユウコさんコウタさんが教えてくれたからだ。初めて来た時には酔っぱらいの醜態《しゅうたい》を見せてしまったけど、その後は、瑛士と二人でちょくちょく通うようになっていた。思えば角打ちにもこの近辺のお店にも、ずいぶんと馴染んだなぁ。

「なによ、その目配せ。見せつけてくれるじゃない」

にやにやと笑い、真紀ちゃんがおしぼりでペシペシと私の腕を叩く。

「ここのお店、五点盛り頼むと必ずそれ以上つけてくれるんだよ。量だけじゃなくて味もいいから食べて」

「さては何度か二人で来ているな」

「ええ、まあ」

からかいをかわしたかったけれど、びくともしなかった。さすがだ真紀ちゃん。苦笑しながら、またハイボールを一口。いつものペースで飲むと早く酔っぱらいそうなので、ここはあえて薄めのハイボールで場をつなぐ。

「大浦君、十八年ぶりになるのかな。まさかこんなにカッコよく育つと思わなかったよ」

「本当に久し振りだね。新野さんも、綺麗になった」

にっこり微笑んで瑛士が返すと、真紀ちゃんの頬がぽっと赤くなった。

「おい新野、ときめくんじゃないぞ。お前には年下の可愛い彼氏がいるだろうが」

「彼氏とイケメンは別腹ですー。こんないい男に微笑んでもらったら心拍数なんて簡単に上がるし、頬の毛細血管だってあっという間に血流増すわ。ね、アヤ！」

「へ？　あ、うんっ！」

　慌ててうなずくと、たまりかねたように瑛士がぶふっと噴き出した。あー、これは過去の出来事を思い出してるな。

「彩乃に関しては、俺の渾身の笑顔攻撃も効かなかったんで」

「マジかー。どんだけ鈍感なのよ」

「ええ、はあ。はい」

　確かに鈍感でしたよ。友達でいることにこだわり過ぎて、瑛士の努力が何一つ届いていなかった。というか、いったい私はこんないい男に努力してもらうほどの価値ある女なのか。それを考えると恐ろしくなる。

「アーヤ、ぼうっとしていないで。それで結婚のほうは？　なんか具体的に話進めてるの？」

「切り込みすぎじゃないのか新野。結婚前提とはいえ、まだ付き合い始めたばかりだろ」

「そんな悠長なこと言ってられないよねー、ねえアヤ」

「あ、うん……」

「結婚は、準備を進めてるよ。具体的なところはまだこれからだけど」

　勢いに呑まれるばかりの私の代わりに、瑛士が答える。

「結婚式は、やるの？」

　すかさずそれに対しても、真紀ちゃんは質問を重ねてきた。ごめん瑛士、これの返答も君に任せた。

「式場でやるかは未定。でもみんなで集まって祝ってもらいたいかなとは思ってる」

「そうしたら招待して！　みんなで同窓会できるね」

「いやいや、勝手に式の規模を決めちゃいけないだろう」

お酒の勢いなのか、真紀ちゃんの飛ばしっぷりがなかなかに激しい。なんだかいつもの彼女ではないような気がして、戸惑っていた。

「真紀ちゃん、私たちのことはいいとして、真紀ちゃんのほうは……」

「さあ。どうなんだろう」

あれ、しまったか。

自嘲《じちょう》気味にふっと笑ったその表情を見て、思わず身構えた。

「だって、付き合いだしたばっかりなんだもん。そこまで話を詰めるなんて、まだできないよ……」

グラスを持ったまま、真紀ちゃんがテーブルに顔を突っ伏した。

「ショータの紹介で知り合って付き合いだして、二ヶ月弱よ。デートしたのだって、えーっと、まだ五回かな。ただでさえ私の方が年上なのに、これで結婚願望あるとか言ったらどん引かれるに決まってるじゃん」

「あー」

「婚活サイトで知り合ったんなら、結婚前提の付き合いだからこんなに悩まなくてもよかったんだろうけど」

「そうだね……」

年下の彼氏に結婚匂わせて失敗した経験なら、私にもある。真紀ちゃんがしり込みする気持ちもよく分かる。とはいえ、こんな荒れた状態でくだを巻かれても、どうしたらいいのか困ってしまう。まさかここで自分の失敗談を語るべきなのか？

「ショータ君、どうしよう」

困り果てて、真紀ちゃんに彼氏を紹介した当事者に話を振ってみた。ショータ君なら、私よりも二人の関係を理解しているだろう。そう思ったのだけど、彼はなぜかビールのジョッキを飲み干すと、きっぱりと宣言した。

「よし、潰《つぶ》そう」

「潰す？」

「ほら新野、飲め。ここ、いい酒が揃ってるぞ」

潰すって、真紀ちゃんを酒で潰すってこと？

「瑛士、どうしよう」

「とりあえず、ショータに任せよう」

「うん……」

小声でこそこそ話をしているうちに、燗酒が二合届いた。ショータ君のお酌で飲みながら、覚悟を決める。

仕方ない。真紀ちゃんが潰れたら、私がお持ち帰りをすればいいもんね。女同士、家に帰ったらゆっくり彼女の悩みを聞いてあげよう。

そして一時間後——

完全に潰れてテーブルに突っ伏している真紀ちゃんの前で、ショータ君がおもむろに電話をかけ始めた。

「あ、佐々木《ささき》？　俺。今、新野と飲んでいるんだけど」

ん？　真紀ちゃんの知り合いに電話してる？　ってことは、……真紀ちゃんの彼氏？

「ちょっと新野が飲み過ぎてさ、お前が迎えに来てくれないか？　ああ、悪いな。店の場所、送っておくから。よろしくー」

息を詰めるように黙っていて、ショータ君が電話を切ったところでパチパチと拍手した。

「そういう作戦ね！」

「まあな。面倒なことは、当人同士で解決させればいいだろう」

「凄い。考えたね」

「いや考えたってより、雑じゃないかこれ？　いかにもショータらしいけどさ」

素直に感心する私と反対に渋い顔をする瑛士を見比べ、ショータ君が可笑しそうに笑った。

「いいんだよ。新野も佐々木も、どっちも変なとこで真面目というか奥手でさ、なーんかお互い遠慮しているところがあるんだよ。佐々木だって、将来のこと考えた上で新野と付き合ってるのにさ。それをまだ本人に言ってないから、こんな変なことになってるんだ」

「そっか」

そこまで分かったうえで見守っているんだな、ショータ君。ようやくほっとした気持ちになって、真紀ちゃんのつむじをそっとつついた。

「私と瑛士は結婚に向けて一気に走っている感じだけど、真紀ちゃんは別にそれに煽られなくていいし、焦ることもないんだよ」

「んー」

潰れた真紀ちゃんに私の言葉は届いていないだろうけど、それでも声に反応してくれている。いい子だよな、真紀ちゃん。幸せになってほしい。

そんなことをしみじみ思いながらお猪口を傾けていると、私の肩と瑛士の肩が触れ合った。

「……俺、彩乃のこと焦らせてるのかな」

「へ？」

突然の問いかけに驚いて、瑛士の顔を見つめる。なんだか不安そうな、そして切ない目をしていた。これはあれだ、いわゆる捨てられた子犬の瞳ってやつだ。

「やだどうしたの、もしかして酔っぱらっちゃった？」

潰れたのは真紀ちゃんだけじゃなかったのか。

「俺は彩乃とこのまま駆け抜けていきたいんだけど、彩乃はどう思ってる？　ついていけないとかちょっと待てとか思ってるんじゃないかなって」

まさかの暗黒バージョン発動か。瑛士、たまにこうなるときあるよね。いやそれにしても、こんな他の人もいる席でもなってしまうとは。

「シ、ショータ君、どうしようー」

「俺に聞くなよ。お前らで解決しろよな」

「ショータ君の態度がブレない！」

「当たり前だろ」

ふんって鼻で笑ってお酒飲んで。口調はそっけないのに私たちを見る目は優しい。ショータ君の面倒見の良さがよく表れているなって思った。と、そんなことは置いておいて。

「瑛士とは、駆け抜けていくよ。だから安心して」

そう言って、テーブルの下で手を握る。すぐに瑛士の指が絡んで、ぎゅっと握り返してくれた。これで少しは拗ねた機嫌も直ってくれるだろうか。

――ずっと走り続けて駆け抜けるのも、風景が変わり過ぎてたまにめまいを起こしそうになるんだけどね。

そんな突っ込みと同時に、結婚するまでのクリアしなければいけない様々な雑務が思い浮かぶ。それらをすぐさま頭から追い出して、お猪口の酒を飲み干した。

「結婚って面倒くさいよな。まあ、頑張れ」

「雑な応援だな」

「俺らしいだろ？」

そんな会話を続けて、こうして新年会は真紀ちゃんの彼氏がお迎えに来てくれたところでお開きとなった。

◇◇◇◇◇

新年会から一週間後。

結婚に向けての準備は着々と進んでいく。いや、進んではいないか。頭の中で、やらなくちゃいけないTODOリストだけが日々増えていく。

結婚って、ただ『好きです！　結婚しましょう!!』って勢いだけでは済まないものなんだなぁ。と、つくづく思う毎日。結婚式するの？　しないの？　するんだったら、いつどこでどのくらいの規模で？　新居は？　どこでどんな物件を選ぶ？　将来設計、考えてる？　どうしているの？

「うわぁぁぁー」

結婚準備に向けての雑誌を試しに買って瑛士の家で読みふけり、自分が本当になにも考えていないことを突き付けられた。思わず叫んで、ソファーに身を投げる。

「彩乃、大丈夫？」

悲鳴を聞きつけたのかキッチンにいた瑛士がリビングに戻ってきて、私が放り出した雑誌を拾い、ローテーブルの上に置く。そして代わりにマグカップを差し出した。ヘーゼルナッツフレーバーのインスタントコーヒー。最近の私のお気に入りで、瑛士の家にも置いてある。これを作ってくれたのか。

「大丈夫、じゃない。なんかもう全て嫌になってきた」

なんだか無茶苦茶弱音を吐きたくなったので、ぶつけてみる。

「全てって？」

「結婚。もうこのまま私たち、ただ付き合っていくだけっていうのはどうかな？」

「駄目だよ。そんなことできる訳ないだろう？」

「ですよね……」

にこやかに微笑む瑛士の目が怖い。この手の冗談が利かない人に私はなにを言ったんだろう。我に返ってコーヒーを一口飲んだ。甘い香りがするのに甘くない。おお、まるで結婚のようではないですか。

「あー、ヤバい。なんか私、追い詰められてる」

「みたいだね」

苦笑して、瑛士が私の隣に座った。そしてマグカップを私の手からローテーブルに避難させると、そのまま肩を抱いて耳たぶを軽く噛んでくる。

「ん、瑛士」

つい甘い声を出してしまうけれど、両手はしっかりと彼の胸元を押さえ、これ以上進める意思はないことを伝える。

「分かってるよ。ただ、慰めているだけ」

耳元で囁いてから唇を触れ合わせる。下唇を甘噛みされて、でもそこで止めると瑛士は私をきゅっと抱きしめた。

「今日はここまで」

「……うん」

うなずいて、瑛士の首元におでこを乗せる。優しくて、甘い時間。いつもならこの後もっと濃厚なスキンシップの段階に進むのだけれど、今日はしないことになっていた。理由は私の体調のせい、月一恒例の生理が始まったからだ。

習慣になっている恋人の家への週末お泊り。先月のときは適当に理由を付けてパスしたけど、今月は決行した。大切な習慣になった「週末二人でいること」ができなくなるって、結構精神的ダメージが大きいから。だから今日は、外ご飯して本屋さんに寄って、うっかり雑誌なんか買って読んで心を乱して、今に至る。

「そういえば、二週間後の金曜日なんだけど、彩乃は何か予定入ってる？」

私を抱きしめていた腕の力をゆっくりと抜くと、瑛士は思い出したように聞いてきた。

「特にはなにも」

頭の中のスケジュール帳を開くこともなく、そう答える。その週は角打ちに行かないけど、週末のお泊りはしっかり予定に組み込まれている。だから予定といえば、瑛士に会う用があるくらいかな。

「なにかあるの？」

「兄一家が、帰ってくるんだ」

「お兄さん!?　一家ってことは、シルヴィアさんも!?」

がばりと身を起こして、意味もなく立ち上がってしまった。

「兄とシルヴィアと、あと甥っ子二人がね」

「そうなんだ。なにしに？」

「なにしにって、兄貴は仕事だけど」

そこで言葉を切ると、瑛士が私を真っ直ぐ見上げてにこりと笑った。

「シルヴィアは彩乃を見に、かな」

「嘘……」

シルヴィア姐《ねえ》さんが私に会いにやってくる。そう思うだけで心臓がバクバクと音を立てて、鼓動を速くした。

「あれ？　緊張してる？」

「うん」

「なんで？」

なんでって、あのシルヴィア姐《ねえ》さんよ。彼女からもらった黒レースの下着は自宅の箪笥《たんす》の奥に大切にしまってあるけど、基礎化粧品のトラベルセットはきっちり使い切らせていただきました。あのプレゼントのインパクト、そして遠目で見たときのカッコよさは凄すぎて、私の中で偉大なる人物になっている。そんな人が私と会うなんて、

「実際にお会いして、がっかりされたらどうしよう……」

「がっかりって、なんで？」

言いながら、おいでと手を差し出された。素直に彼の膝の上に乗ると、またきゅっと抱きしめられる。

「とりあえず今日は、このコーヒー飲んだらお風呂入って寝ようよ」

耳元でゆったりと響く、瑛士の声。そのまま誘惑に流されたい気はするけれど、さっきから視界の端に雑誌が見えて落ち着かない。

「でもリスト作ってから寝たいなと思って」

「リスト？」

「これからやらなくちゃいけないことと、決めないといけないことのリスト」

言いながら、頭の中ではさっきの注意ポイントが続々と浮かんでくる。

「それは確かに必要なことだとは思うけど、今日中にやらなくちゃいけないことではないよ。それよりも、彩乃の体調の方が心配だな。この調子で無理になにかしても、上手くいかない気がする。あと、彩乃が決めようとしてることとって俺も一緒に考えるやつだろ？　二人で考えようよ。でも今日はやらないよ」

「……はい」

正論で畳み込まれて、すごすごと引き下がる。

「よし。それじゃあ俺、お風呂用意してくる」

「それなら瑛士が先に入ってくれる？　私は後からゆっくり入るから」

「了解」

瑛士がリビングを出ていく際にさりげなく雑誌は取り上げられ、私はコーヒーを飲みながら映画を観ることにした。そのあとは一人でお風呂に入ってゆっくりと湯船につかり、体を十分温めたところでベッドにもぐりこむ。瑛士が先に入って待っていたので、布団の中も温かい。

「お休み」

「お休みなさい」

チュッと口付けて、眠りに入った。

「ん……」

明け方に、のどの渇きで目が覚めた。

しばらくぼんやりしていたけれど、隣で寝ている人を起こさないように、そっとベッドから降りる。トイレに行った後、水を飲むためキッチンに向かった。

布団と体温でぽかぽかしていた身体が、急速に冷えてゆく。やけに冷えるなと思ってリビングのカーテンを開けると、雪が舞っていた。

「どうりで……」

ぶるりと震えて無意識のうちにお腹に手をあてた。途端に意識される鈍痛。一軒家の我が家より気密性の高いマンションだというのに、トイレと台所に行っただけで本格的に体が冷えてきた。やっぱり雪が降っていると、底冷えする。お陰で目が覚めてしまった。

どうしようかな。

部屋には戻らずリビングのソファーに座って、窓の外をぼんやりと眺める。頭の中に浮かんでしまうのは、これからやらなくてはいけないことと、決めなければいけないことの数々。

結婚式……はそんなにしたいと思わない。きっちりしたものじゃなくて、親しい人たちだけが集まってお披露目パーティができればいいかなくらいにふんわりと思っている。新居はどうだろう。ここは元々瑛士のお兄さんが所有しているのを貸してもらっているだけなので、二人で住むなら新しく部屋を借りるなり買うなりしなければならない。この近辺はお高いから無理だなぁ。どの沿線にするのか、マンションか、一軒家か、賃貸か、分譲か……

「寒っ」

気が付くと、体がすっかり冷えていた。生理中に体を冷やすとは何事だ。慌てて部屋に戻るけど、やっぱり雪を見ていたくてカーテンを少し開けた。それからベッドに潜り込む。

「ん……」

小さくうめいて、瑛士が寝返りをうってこちらを向いた。

「……寒い」

目をつむったまま。寝言なのかな。私の体から、きっと冷気が出ているのだろう。瑛士まで巻き添え食って冷えてしまうのが、なんだか申し訳ない。冷たい塊が直接当たるのも悪いから、布団に入るけれど少し離れてみる。そのまま寝顔を見つめていたら、不意に腕が伸びて絡めとられた。抱きしめられて鎖骨におでこをあてて、ぐりぐり擦り付けられる。

「冷たい……」

たぶんまだ眠ったまま。こういう状態の人に話しかけてはいけないっていうけど、黙ったままなのも気持ちが収まらないので、独り言のようにつぶやいてみる。

「雪、降っているからね。寒くしちゃって、ごめん」

「ん」

向き合っていた体をひっくり返され、窓側に横向きにさせられると背後から抱きしめ直され、お腹に瑛士の手が添えられた。

「温める」

「あ、ありがとう」

今度はうなじにおでこをあてて、ぐりぐり擦り付けてくる。寝ぼけているっぽい雑な仕草なのに、大切に扱われている感が凄いする。こんなことされたら、体だけじゃなくて心もあっという間に温まる。

それ俺も一緒に考えるやつだろ？　二人で考えようよ。

「そうだね……」

さっきの瑛士の言葉を思い出して、反芻した。そして、新年会のときのことも。

自分の人生が変わっていって、そのスピードについていけずに余裕をなくしていた。焦っていたのは真紀ちゃんだけじゃない。瑛士はそれを分かっていたから、わざわざ「焦らせているかな？」って聞いてきたんだ。

二人で考えようよ。

うん。

柔らかくてじんわりと温かい、そんな幸せな気持ちに満たされる。そして夜明けの青白い薄明かりの中、窓の外の白くけぶる雪を眺めていた。

起きたら今日は一日、こうしてなんにもしないでただ瑛士と抱き合っていたい。お籠《こも》りして、外には一歩も出ないで、くっついているのに飽きたら起きて映画の配信でも観て。それからゆっくり瑛士と話し合おう。決めていこう。二人のこと。

抱きしめる腕から次第に力が抜けて、瑛士が深い眠りに入ったのを感じる。目をつむって、彼の寝息に自分の呼吸を合わせてみる。

吐いて、吸って。

体格差と眠っているからなのか、瑛士の呼吸の方がゆっくりだ。二人の呼吸がぴたりと合うことはないけれど、それでもいい。

吐いて、吸って。

そして気付かないうちに、私は穏やかな眠りの中に落ちていった——

◇◇◇◇◇

二月の第四週金曜日。

終業定時の十七時ちょうどにパソコンの電源を落とすと、私は会社を後にした。本日は自分にとって重要な日。瑛士のお兄さん一家に会う日だ。

大浦家の家族構成は、父と母。そして今日会う、普段はスペインに在住し数ヶ月に一度日本に戻ってくるお兄さんと、その妻と息子二人。そして瑛士となっている。

ちなみに我が家、遠藤家は父母の他に弟夫婦に乳児が一人、そして私なのでなんとなく家族構成が似ている。とはいえあちらは男兄弟で女性はお母さんただ一人。お正月にお会いした時はにこやかでおっとりした感じで、みんなの姫という雰囲気を醸《かも》していた。けれど中学二年生の頃の誕プレ商品券事件での反応を知る限り、おっとりなだけではないのだろう。

そして今日会うお兄さん一家。奥さんであるシルヴィアさん、どんな人なのかな。親戚に外国籍の人がいるって、そのシチュエーションだけでもドキドキしてしまう。これだけ国際社会と言われていても、今までそれを身近に感じたことはなかったから。

集合場所は瑛士の勤務先にある最寄り駅の広場。定時ぴったりに出てきたから、十九時の待ち合わせまで、中途半端に時間が空いた。なにも二時間前に仕事を無理やり切り上げて退勤することはなかったのだけど、集中力が途絶えてしまったのだから仕方ない。意味なく駅ビルを彷徨って時間を潰す。そうして瑛士と改札付近で合流する頃には十八時半を超えていた。

「お疲れー」

「うん。お疲れ様」

いかにも社会人な挨拶を交わしあう。そして瑛士と目が合った途端、深く息を吐いた。

「緊張しているなぁ」

苦笑されたけれど、こればかりは仕方ないよね。肩をすくめ、集合場所に向かって歩き出す。

「会ったらまず挨拶だよね。えーっと、『エンカンターダ』が『初めまして』だっけ？」

「とりあえず『Ｈｏｌａ《オラ》！』って言っておけばいいんじゃない」

「そんな適当な」

「大丈夫だから。というか、黙っていたらあっちから言ってくるから」

言いながら、瑛士の表情がどんどんと私を面白がるものになっていく。余裕綽々《よゆうしゃくしゃく》なのが、なんだか憎たらしい。えいと足の爪先を軽く蹴ったら笑われてしまった。この余裕。やっぱりスペイン語を話せるからなのか？　こちらなんて英語ですら覚束ないのに。

「そういえば、なんで瑛士はスペイン語話せるの？　第二外国語だった？」

私が誤解するきっかけとなった、あのシルヴィアさんと瑛士の会話シーンを思い出す。遠目だったし会話を聞き取れたわけではないけれど、身振りとか手ぶりとかなんか普通に外国人になっていましたよね、あなた。

「留学先でね。あとスペイン語圏の留学生も多かったし。環境的に馴染みやすかったんだ」

「ほう」

それにしても、スペイン語に馴染んだ弟とスペイン人の嫁をもらった兄か。偶然とはいえ、良い組み合わせだわ。家族関係が良好に進むからラッキーだな。

「ところで今日のご予定は？」

会おうと誘われただけで詳細は知らされていなかったので、確認してみた。

お兄さん一家がすでに日本に帰国していて、瑛士の住むマンションに滞在しているというのは聞いている。私が毎週末泊まっていることは知られていて、なので今夜も家に泊まるのか聞かれたけど辞退した。さすがに初めてお会いする彼氏の親族と寝泊りするのは、緊張感に耐えられそうにない。今日は会ったらみんなでご飯食べて、解散かな。

「兄貴一家がひいきにしているスペイン料理屋があるんだ。みんなで食事というと、いつもそこを利用していて。多分今夜もそこになるはず」

「スペイン人が日本で行くスペイン料理店！」

そんなの、絶対に美味しいに決まっている。期待値がぐんと上がって、緊張もほぐれていった。

まだ時間に余裕もあったことから、駅の改札から駅前広場までに並んでいる催事スペースやお店などを二人で眺め、ぶらぶらと歩く。待ち合わせ場所として指定していたモニュメントにたどり着いたのは、約束時間の十分ほど前だった。そうだ、忘れないように最後の復習をしなくては。

「えーっと、エンカンターダ」

「Ｈｏｌａ《オラ》！」

「わー、もう瑛士は黙っていて！」

そんなくだらない話をしていたら、遠くから真っ赤なコートを着た金髪美人がやって来た。

「瑛士、お待たせー！」

んん？

がしっと瑛士を抱きしめて、右と左、交互に頬をすり合わせる。

「電車が遅れちゃって、危うく遅刻するところだったわよ」

「兄さんたちは？」

「先に私が走って来ちゃったから、後から来るわ」

抱き合って、キスでもするかのような至近距離で、満面の笑みを浮かべて話をする美女と美男。まるで外国映画の一場面かのようなのに、内容が完全に家族の会話。そしてそれは字幕なしの音声吹き替え版のように、耳にすんなりと入ってきていた。

「日本語、喋ってる……？」

思わずつぶやいたらぱっとこちらを振り向かれ、にっこりと微笑まれた。

「あなたが彩乃ね。私はシルヴィアです。初めまして！　会いたかったわ！」

どんっという衝撃と共に思い切り抱きつかれ、頬をすり合わせるどころか何度も交互に頬にキスをされる。その勢いによろめくと、すかさず瑛士が後ろに回り支えてくれた。

「瑛士、シルヴィアさん日本語喋ってる！」

「だから言っただろ、大丈夫だって」

そういう意味だったのか。それならそうと早く言ってくれればいいのに。緊張の原因の一つはスペイン語だったんだぞ。

と訴えたかったけれど、シルヴィアさんの怒涛のトークに流された。

「私、日本に留学していたし、その後も結婚するまで日本で働いていたから日本語はけっこう話せるの。だから心配しないでね。あと、これから行くスパニッシュ・レストラン、以前私が働いていたとこなの。美味しいわよ！」

「そうなんですね……」

身振り手振りは完全に外国人のそれなのに、外国訛《なま》りもほとんどない流ちょうな日本語を話している。もしかして遠目で見れば、私も映画の一場面の仲間入りをしているのだろうか。

「あー、お母さんが瑛士の彼女に抱きついている！」

「本当だー！」

そんな声が聞こえてシルヴィアさんの肩越しに前方を眺めると、七、八歳と五、六歳くらいの男の子二人がこちらに駆け寄ってきていた。ラテンの血を引くハーフの子供って、美しさの中にも愛嬌があってとても可愛い。そんな子が二人も。さらにその後ろには、どこか見覚えのある男性がついてきている。ああそうか、リビングに置かれている結婚式の写真の花婿さん。さすが兄弟、瑛士となんとなく似ている。

「初めまして」

「初めまして。僕もぎゅってしていい？」

「僕もするー」

そんな二人のリクエストに応えるべくシルヴィアさんから離れ、私は二人の目線に合わせるように腰をかがめた。

「彩乃お姉ちゃん、こんばんは」

そう言いながら、母と同じように私の頬にキスをする。こんな可愛い男の子二人からのキス攻撃に、すっかりメロメロになってしまった。

「瑛士、どうしよう。私にモテ期がやって来た」

「いや、違うから」

「冷静だなぁ。少しくらい夢見させてくれればいいのに」

ぶーぶーと文句を言っていると、追いついたお兄さんに笑われてしまった。

「初めまして、彩乃さん。瑛士の兄の哉也《としや》です」

「は、初めまして。遠藤彩乃と申します」

ぎくしゃくとした挨拶になってしまったのは、仕方ない。だってお兄さん、瑛士とはまた違った色気にあふれるいい男だったんだもん。なんかこう、ラテン美女もメロメロになる、ワイルド系の苦み走った男というのか。

「哉也、いい男でしょ？」

ふふふと笑いながらシルヴィアさんが哉也さんの横に立つ。すると当たり前のように哉也さんの手が腰に回され、引き寄せられた。

「全員揃ったから、店に行くか」

奥さんに『いい男』って言われたのに、全然動じない！　凄い、なんか別世界の人たちだ！

「キャラ濃くない？　お兄さんの一家」

「そう？　前からこんな感じだったから、分からないな」

あっさりと流す瑛士が普通の人に見えて、騙されちゃいけないって思った。

シルヴィアさんが昔働いていたというスペイン料理店はこぢんまりとした雰囲気の良いお店で、

オーナーさんがスペイン人ということもあってお客さんも外国の方が多く、まるで海外旅行でもしているかのような気分にさせてくれた。そして彼女が同郷の士だからなのか、私がスペイン料理というものを知っていないせいなのか、初めて名前を聞いたり食べたりする料理が次々と出てくる。

「塩漬けした鱈がこんなに美味しいとは！　あと、まさかのパンの炒め物？」

「どちらかというと家庭料理だから、あんまりレストランでは出ないのよ。でもここでは出してくれるからこのお店を気に入っているの」

「お嬢さん、気に入ってくれてありがとう」

　絶賛しながら食べていたらシルヴィアさんや哉也さんだけでなく、お店のスタッフさんにまで微笑まれてしまった。美味しいものは空気を和ませる力を持っている。

「お二人が知り合ったのって、このお店がきっかけなんですか？」

　白ワインも進み、すっかりくつろいだ勢いで二人の馴れ初めまで聞いてしまった。お店で働くシルヴィアさんに哉也さんが一目惚れして、とかなのかな。

「違う。きっかけは、瑛士。私、瑛士と同じ大学にいたの」

「日本で？」

「ではなくて、アメリカで」

　どういうことだ？　経緯が分からず瑛士を見ると、ああとうなずいて解説をしてくれた。

「シルヴィアとは留学先で一緒だったんだ。そこで第二外国語として俺がスペイン語、シルヴィアが日本語を学んでいて、ほかの仲間と共にお互いに教えあったりしてた。そしたら、兄貴がたまたま出張で大学の近くまで来たことがあって、せっかくだから会おうってなったときにシルヴィアと仲間がついてきてさ」

「そこで私が恋に落ちたの」

「おおー」

なんか自分が想像しているよりもっとドラマチックな話になってきた。

「当時、僕は独立前で日本の商社に勤めていてね」

「だから私、日本の大学に留学先を変えたのよ」

「え、そこまでする？」

「だって哉也に会いたかったし、哉也と結婚するなら日本の文化をもっと知りたいし、それならアメリカじゃなくて日本で勉強した方が良いじゃない？」

「じゃあそのときには、結婚前提でお付き合いをしていたと」

「ううん。私の片思い」

まさかの一方通行！　それなのに日本に来てしまうなんて、へたしたら国際的なストーカー行為。

「ラテンの情熱って、凄い……」

黙っていられずについ口から感想がこぼれてしまった。シルヴィアさんは純粋にそれを賞賛と受け止めて、嬉しそうにウインクしてくれる。まあ結果として夫婦となって、こうして仲の良いところを見せつけられているのだから、良いか。うーんと、良いのか。

「好きだと思ったら、押さなくちゃね。そういえば私が贈った下着、どうだった？」

「へぇっ？」

突然話を振られて、あやうくワインが気管に入りそうになってむせてしまった。

「ど、どうとは？」

「瑛士の前で着てみた？　瑛士、彩乃はどうだった？」

「いや、いやいやいやいやいや」

まさかまさか瑛士に感想まで尋ねるとは、とどまるところを知らないな、シルヴィア姐《ねえ》さん！

思い切り動揺する私とシルヴィアさんを見比べ、大浦兄と弟が苦笑する。なんだかそれもいたたまれない。

「シルヴィア、日本ではあまり恋人同士の時間については、話題を共有しないんだよ」

「そうなの？」

哉也さんのフォローをキョトンとした表情で聞き返すと、シルヴィアさんはなにかを思い出すように遠い目をして語ってくれた。

「私の出身地では、女の子は十六歳になると誕生日に母親から下着を贈られるの。もう女として一人前になったのだから、素敵な夜を過ごすためのコレクションに加えなさい。って。あれがとても嬉しくて、私も娘ができたら絶対に贈るんだって思っていたのに、うちは男の子しかできなくて。だからせめて母親じゃなくても姉になったつもりで、瑛士の恋人に贈ったのよ」

「そうなんだ……。あ、ありがとうね」

なんかいい話になっている。文化の違いって凄い。

「彩乃、女の子はお砂糖とスパイスとなにか良いものでできているの。これはイギリスの童謡からだけれどね。そんな素敵なものでできている自分をさらに高めるために、素敵な下着はあるのよ。誰のためにではなく、自分のために着るのだってことを忘れずにね」

　これならちょっと分かる気がした。自分が選ぶ、自分のための勝負下着。それを集めなさいって、まず誕生日プレゼントにして教えるお母さんか……

「――なんか、カッコいいなぁ」

　ご飯も終えての帰り道、瑛士と並んで歩きながら、シルヴィアさんの言葉を思い返していた。

「男の子がなにでできているか、知っている？」

　手をつなぐ代わりにスマホを操作していた瑛士が聞いてくる。さっきの『女の子はなにでできているか』の童謡、冒頭が男の子のくだりだったけれど、それが思い出せずにネットで検索をしていたんだ。

「蛙《かえる》にカタツムリに、子犬の尻尾だって」

「わあ、いかにも男の子らしいチョイスだね」

　思わず笑いだしてしまう。瑛士は私を見つめると、立ち止まって耳元で囁いた。

「そんな男の子が選んだプレゼントは、もう着てもらえない？」

　低くて甘い声に反応して、体が震える。そして瑛士からプレゼントされた三着のベビードールを思い出し、頬があっという間に熱くなった。

「突然なにを」

「だってあの流れ、彩乃が選んだものしかもう着ないってところで終わったよね」

シルヴィアさんが女の子の自立を促したら、今度は男の子が拗《す》ねてきた。

けれど確かに瑛士からすると不安になってしまうのかもしれない。せっかく自分が選んだプレゼントがないがしろにされてしまう危機だもんね。

私は真正面から瑛士に向き合うと、手を伸ばして髪に触れた。そのままよしよしと頭をなでる。さっきまで瑛士の甥っ子たちを見ていたせいか、この目の前にいる三十二歳の男性も、蛙とカタツムリと子犬の尻尾でできた男の子にしか見えない。

「着るよ。これからも」

「本当に？」

どうにも信用できない表情でいるのでつい小さく笑ってしまった。そういえばあれ以来着ていなかったっけ。実績がないから信用もされていないのか。

「プレゼントされたものはもう私のものなので、私の意志で、私の着たいときに着るの」

あえて強気の口調で言いきったのは、だんだん恥ずかしくなってきたからだ。私たち、道の往来でなんの話をしてるんだろう。

そんな私の照れを感じ取ったのか、瑛士の目が次第に細くなって、口角も上がってきた。なんとなくぶんぶんと振られる尻尾の気配がする。

「彩乃が次にその気になるのはいつなのかな。来週？」

「さあ？」

「来週でもいいんじゃないかな。俺、それを励みに一週間頑張るから」

「そんなことを励みにしなくてもいいんじゃないの？」

「いや、絶対に励みにする」

そんな会話を続けながらいつの間にか手をつなぎ、駅の改札まで二人で帰った。

◇◇◇◇◇

「アヤー、準備できた？」

コンコンというノックの音と共に、真紀ちゃんがドアから顔を覗かせた。

「はい、大丈夫ですよ」

私の代わりにブライダルスタイリストさんが返事する。今日はとうとう結婚式。五月の佳《よ》き日に祝言《しゅうげん》を挙げることになりました。

「文金高島田《ぶんきんたかしまだ》に結って白無垢《しろむく》で綿帽子《わたぼうし》の花嫁さん。凄いね、アヤ！　似合ってる！」

わくわくした声の真紀ちゃんにうなずきたいけれど、目線を下にしたまま固まっている。

「どうしたのよ、アヤ」

「これ、結構重たいんだよ」

そう言ってから、よいしょって感じで顎を上げた。

結婚式をどうしようかって二人で色々考えて、最終的に和装にした。特定の宗教を持たない現代に生きる私たちには様々な選択があって、何度も『何もしない』という案が浮かんだのだけれど、それは最終的に瑛士の笑顔で潰された。そして最後に残ったのが、和装婚。

先に親族だけで神社で神前式を執《と》り行う。シルヴィアさんが大興奮で、それだけでもなんだか達成感がありました。そして料亭に場所を移動しての披露宴。綿帽子は本来、式のときだけらしいのだけれど、せっかくなのでこの格好からスタートにした。

親兄弟までの両家親族に、ごくごく親しい友達を呼んでのささやかな式だけれど、こうしてお披露目ができるのって、なんだか嬉しい。『何もしない』派だったけど、やっぱりやってよかったな。ここに至るまでの準備は本当に大変だったけど。

「じゃあ、私、そろそろ席に行くね」

「ありがとう」

真紀ちゃんに披露宴の受付係をお願いしていた。いよいよ時間になったのでそれも撤収だ。

コンコンと再度ノックがされて、ドアが開いた。

「ご新郎様が迎えに来ましたよ」

ブライダルスタイリストさんに言われて顔を上げる。

「彩乃、綺麗だ」

目が合った瞬間にそう言われて、思わず動揺してしまった。二人きりのときならともかく、人のいる前ではっきりと言われると恥ずかしい。けれどスタイリストさんは慣れたものなのか、にこやかに微笑んでうんうんとうなずいていた。

「さっきも式で見たでしょ」

「でもそのときには言えなかったから」

嬉しそうな表情で言いきられ、この人には敵わないなとしみじみ思う。

「さあ、それでは」

介添人《かいぞえにん》さんに声を掛けられ、控室を出た。二人で並びながら廊下を歩いているときに、そっと瑛士に耳打ちする。

「瑛士も、似合ってるよ」

洋装ウエディングでもよかったのかもしれないけれど、紋付き袴《はかま》の方が見る機会は少ないのかもしれない。そんなレアな瑛士が見られてよかった。

「やっぱり、和装でよかったな」

「そうだね」

お互いにそう言っているうちに扉の前に立つ。司会者の紹介で扉が開き、披露宴が始まった。

新郎と新婦が座る高砂《たかさご》の横には、和装婚でやりたかった最大の理由が置かれている。日本酒の四《よん》斗《と》樽《たる》。中は上げ底になっていて、宴会で飲めるくらいの量しか入っていない。これの蓋を木槌《きづち》で割って、参加者に振舞うのだ。ケーキカットではなく、鏡開きを。それが私たちの希望だった。

口上が述べられて木槌が渡されて、瑛士と二人でそれを持つ。

「そーれ！」

と声を掛けられ木槌をふるった。

「よいしょ！」

会場の拍手の中、二人で顔を見合わせる。

「これから一生、お付き合いください」

「こちらこそ。ずっと側にいてください」

そうして升酒《ますざけ》で乾杯をした。

これからもどうか楽しいお酒を飲んで、瑛士と二人、そしてみんな幸せでありますように。

この作品に対する皆様のご意見・ご感想をお待ちしております。
おハガキ・お手紙は以下の宛先にお送りください。

【宛先】
〒150-6019 東京都渋谷区恵比寿 4-20-3 恵比寿ｶﾞｰﾃﾞﾝﾌﾟﾚｲｽﾀﾜｰ 19F
（株）アルファポリス　書籍感想係

メールフォームでのご意見・ご感想は右のＱＲコードから、
あるいは以下のワードで検索をかけてください。

アルファポリス　書籍の感想　検索

ご感想はこちらから

本書は、「アルファポリス」（https://www.alphapolis.co.jp/）に掲載されていたものを、
改稿、加筆、改題のうえ、書籍化したものです。

極上《ごくじょう》エリートの甘《あま》すぎる求愛《きゅうあい》に酔《よ》わされています
〜初恋《はつこい》未《み》満《まん》の淡《あわ》い恋情《れんじょう》は愛《あい》へと花開《はなひら》く〜

櫻屋かんな（さくらや かんな）

2024年 6月 25日初版発行

編集ー横瀬真季・森 順子
編集長ー倉持真理
発行者ー梶本雄介
発行所ー株式会社アルファポリス
〒150-6019 東京都渋谷区恵比寿4-20-3 恵比寿ｶﾞｰﾃﾞﾝﾌﾟﾚｲｽﾀﾜｰ19F
TEL 03-6277-1601（営業） 03-6277-1602（編集）
URL https://www.alphapolis.co.jp/
発売元ー株式会社星雲社（共同出版社・流通責任出版社）
〒112-0005 東京都文京区水道1-3-30
TEL 03-3868-3275
装丁イラストー浅島ヨシユキ
装丁デザインーAFTERGLOW
（レーベルフォーマットデザインーansyyqdesign）
印刷ー中央精版印刷株式会社

価格はカバーに表示されてあります。
落丁乱丁の場合はアルファポリスまでご連絡ください。
送料は小社負担でお取り替えします。

ISBN978-4-434-34039-0 C0093